TAKE
SHOBO

悪役伯爵夫人をめざしているのに、年下王太子に甘えろ溺愛されて困ります

しみず水都

Illustration
八美☆わん

蜜猫
Novels

contents

イラスト／八美☆わん

悪役伯爵夫人をめざしているのに、年下王太子に甘える溺愛されて困ります

序章　伯爵家の妖しい秘密

青白い月が静かな湖面に揺れている。

湖のほとりに建つフレイル伯爵邸は、月の光に照らされて幻のように浮かび上がっていた。屋敷の中はとても静かだ。しかし、人がいないわけではない。皆、息を潜めていた。当主であるフレイル伯爵が、死の床《とこ》に着いているからである。

年老いた伯爵は息をするのも苦しそうで、ひどく痩せていた。彼の命が消えるまで、それほど時間はかからないだろう。

「イレ……ネ」

静寂を破るかすれ声が響く。

フレイル伯爵が最後の力を振り絞るように、妻の名を呼んだ。

「伯爵さま！」

ベッドの横に置いた椅子に腰かけていたイレーネは、急いで身を乗り出し、伯爵の顔を覗《のぞ》き込《こ》む。年老いた伯爵の妻にしては若すぎる。孫娘と言っても不思議のない年齢だ。

伯爵は瞼《まぶた》を半分持ち上げると、灰緑色《かいりょく》の瞳で若く美しい妻を見る。

「我が、フレイル伯爵家には……、代々伝わる、秘密がある」

伯爵はそこまで言うと視線を移動し、家令に目を向けた。家令は伯爵からの合図を受け取ると無言でうなずき、侍女たちを引き連れて寝室から出て行く。

「秘密？」

伯爵と二人きりになったイレーネは、小声で問い返した。

「ああ……」

ため息のような声で返事をすると、伯爵はゆっくりと手を持ち上げる。病に倒れてからというもの、ほとんど食事を摂《と》っていない彼の手は、干からびたようにやせ細っていた。

痛々しいその手をイレーネが握ろうとしたところ、伯爵の人差し指が何かを差すような形に変化する。

「そなたがしている指輪には……特別な力が、あるのだ……」

薬指に嵌《は》めているイレーネの指輪を差した。

「この結婚指輪に？　いったいどのような力なのですか？」

驚いて自分の指輪を見下ろす。

二年前結婚した際、伯爵から贈られた指輪である。豪奢《ごうしゃ》な金の装飾が施され、中央に大きな青い石が嵌《はま》っていた。

「私が死したあとは、イレーネ、そなたに、フレイル伯爵家を、継承してもらわなくては……ならない」

途切れ途切れに、とても苦しそうに言う。

「伯爵さま！　そんなことをおっしゃらないで。すぐにお元気になられて、まだまだ一緒に暮らしていけますわ」

イレーネは首を振りながらベッドに膝をついた。寝ている伯爵の顔と同じ高さに自分の顔を持ってくる。

「いや、もう無理だ……。わかっている。だからこそ、……遠縁のそなたを、妻に迎えたのだから……」

声は弱々しいが、強い視線をイレーネに向けて伯爵が告げた。

「いつも教えていた通り、そなたには……フレイル湖と、領民の生活を、守ってほしい。女伯爵として、家督を継げるように……き、貴族管理院に、申請してある」

ゆっくりとではあるが、はっきりとした口調である。

「はい……そのことは承知しております」

イレーネが伯爵家を継ぐことは結婚の条件でもあったし、これまで何度も聞かされていたので覚悟はできていた。

「女性の当主が、領地を統治するには、……様々な苦労が、あるだろう。とくに、わが領地は、特殊だ……」

伯爵家の領地には、ベルンドルフ王国の水瓶《みずがめ》と呼ばれるフレイル湖がある。王都の水を賄《まかな》う大切な役割を担っており、その周りの肥沃な土地では、領民たちが作物を育てて暮らしていた。

そのおかげでフレイル伯爵家はとても裕福なのであるが、湖の管理はとても難しい。大雨や干ばつに見舞われたら、寝る暇もなく対応に追われる。

領民たちとの意思疎通もすんなりとはいかない。国境に近いために、守りも堅固にする必要があった。

それらを総合して、伯爵はイレーネに大変だと告げているのである。

「もしかしたら、命を落とす危険なことも……あるかもしれない」

眉間に深いしわを寄せて伯爵が告げる。

「はい……」

神妙な表情でイレーネはうなずいた。

「そんな時には、この指輪に嵌っている石を、使うといい」

再び伯爵の指がイレーネの指輪を差す。

「この石をですか？」

イレーネは緑色の瞳を大きく見開き、自分の指で輝いている青い石を見つめて、困惑しながら首をかしげた。

「そう……だ。それが、おまえを、助けてくれる……うっ……！」

苦しげに顔を歪《ゆが》ませて、伯爵は目を閉じる。

「伯爵さま、大丈夫ですか」

イレーネは慌てて伯爵の手を握った。

「もうお休みになってください」

弱々しく咳《せ》き込む伯爵に訴える。

「……これだけは、どうしても……言わなくてはならない」

それまでは死ぬわけにはいかないと、再びフレイル伯爵は瞼を上げた。

「この指輪の……宝石に……」

第一章　非情な宮廷舞踏会

ベルンドルフ王国の王宮は、湖の中央に建っている。白い壁と青い屋根の塔を持つ建物が水面に映り、晴れた風のない日などはため息が出るほど美しい。

湖は、王宮が建てられたあとに水を引いて造られた人造湖だ。何代か前の国王が貴族たちに命じ、国境地帯にある巨大なフレイル湖から王都まで、水路を作らせたのである。

フレイル湖と水路は王宮の守りと王都の水を賄う大切な存在で、フレイル伯爵家が維持管理を任されていた。伯爵家はベルンドルフ王家から厚い信頼と高い評価を得ており、上級貴族の中でも一目置かれる存在となる。

ベルンドルフ王家を支えながらフレイル伯爵家は長く続き、王国きっての名家という高い誉れを得ていた。

しかしながら……。

直近の当主であるヨハン・フレイル伯爵が、後継ぎの子を儲《もう》けることなく亡くなってしまったのである。

残された年若い妻のイレーネは、亡き伯爵の遠縁でもあったので、女伯爵として暫定的に家督を継ぐことが認められた。

しかしながら、それはイレーネにとってとても厳しい道となる。

「あの若さで伯爵家を運営するのは無理では？」

王宮で上級貴族院会議を終えた貴族たちが、小声で話をしながら隅にいるイレーネに怪訝《けげん》な視線を向けていた。

「まだ二十歳の小娘だからな」

数人の貴族がうなずいている。

「フレイル伯爵が生前から提出していた遺言状を、国王陛下がお認めになったのだ。受け入れなくてはなりません」

上級貴族院会議場から退出するカーミル国王を見送ったあとの宰相が、不満を口にする貴族たちを窘《たしな》めた。

「まあ、そうじゃな。私のような年寄りよりもマシかもしれん」

杖《つえ》をついた老貴族がため息をつく。

「いやいや、お年を召した方の経験と知識は、なによりも勝りますよ」

中年の貴族が慰めるように言うと、視線を巡らせた。

領地を持つ伯爵以上の貴族は上級貴族と称されている。毎月重臣や上級貴族の当主が王宮に集まり、上級貴族院会議が開かれていた。会議では国王にそれぞれの領地の状況を報告し、今後の指示を仰ぐのが主な目的だ。

会議は中高年の男性で占められているので、年若くしかも女性であるイレーネは異質な存在といえよう。

「でもまあ、あの女伯爵がいるおかげで、殿下の頼りなさが目立たずに済んでいるのかもしれませんな」

老人がつぶやくと、周りにいた貴族たちがいっせいに檀上《だんじょう》へ視線を移した。

会議場に使われている謁見の間の檀上には、赤いビロード張りで黄金の飾りが施された国王の椅子が置かれている。その隣に金髪の少年が立っていて、これから退出しようとしていた。

少年は十七歳になったばかりのユリウス王太子である。

十七歳というのはベルンドルフ王国の成人年齢なのであるが、ユリウスは線が細いため大人には見えず、いつまでも少年の雰囲気を纏《まと》っている頼りなさがあった。

「立っているだけで精いっぱいという感じじゃな」

青白い顔でうつむいていた彼は、貴族たちの話が聞こえたのか、国王の後を追って王族専用の出口へと逃げるように歩き始める。

「このところ塞《ふさ》ぎ込むことが多いそうですよ」

「わからなくもないが、もう少ししっかりしていただきたいですな」

ユリウス王太子の頼りなさに、貴族たちは将来の不安を隠せない。

「陛下に万が一のことがあれば、ユリウス殿下にこの国を背負っていただかなくてはならないのに、いつまでも頼りないあれでは……」

老人は首を振った。

「まことに」

他の貴族たちもうなずいて同意を示す。

「それでは皆さまがた、細かい部分は各担当の役人と詰めてください。夕刻からの宴でまたお会いいたしましょう」

宰相は貴族たちの不満話を窘《たしな》めることなく、閉会を宣言した。

ユリウス王太子については宰相も不安だらけで、今更かばっても仕方がないと思っているのかもしれない。

衛兵たちが謁見の間の後部扉を開いている。

（やっとここから出られるわ）

貴族たちの興味が自分から逸《そ》れたことで、イレーネはほっとしていた。

女伯爵になってから半年。会議では毎回蔑むような目と噂話《うわさばなし》の的にされている。仮病でも使って欠席したいとまで思ったが、領地の運営についてはわからないことだらけなので、宰相や役人たちに指導を仰がなくてはならず、休むわけにはいかないのだ。

（もうしばらく辛抱しなくては……ああでも……）

ここだけでなく、夕方から開かれる宴もかなり憂鬱《ゆううつ》だ。

会議の日の夕方から王宮の大広間で宴が開かれる。宴には上級貴族以外の貴族やその夫人、令息及び令嬢も出ることができる。

王国一の宴が催されるそこでは、会議とは違う種類の嫌な視線にイレーネは晒《さら》されることになるのだ。

「はぁ……」

ため息をついて、とりあえず王宮にあるフレイル伯爵家に与えられた控え室に向かう。

夕刻。

王宮全体に明かりが灯《とも》る。

車寄せには馬車が続々と到着し、着飾った貴族たちが王宮内へ吸い込まれていく。楽隊や道化師、芸術家などが準備を整え、大きなシャンデリアが並ぶ大広間に優雅な音楽が流れる。銀のトレイに載せられた料理や飲み物が運び込まれ、宴が華やかに始まった。

ダンスをする者、食事をする者、お酒を飲みながら談笑する者、それぞれが国王主催の宴を愉《たの》しんでいる。

とはいえ、平穏なだけではない。

「またあの成り上がりの未亡人が来るのかしら」

意地悪な女性の声が聞こえてくる。

「絶対に来るわよ」

「これ見よがしに喪服のドレスを着てくるに違いないわ」

「清純そうな未亡人が男に好まれるのを知っているのよね」

嘲笑交じりの言葉が複数飛び交う。

(成り上がりの未亡人て……)

大広間に入ろうとしたイレーネは、自分を批判していると思われる女たちの声に足を止めた。

「イレーネって下級貴族の出身でしょう？　玉《たま》の輿《こし》に乗っただけでなく、女伯爵にまでなるなんてね」

嫌味《いやみ》な言葉が続いて聞こえた。

「そうなの？　フレイル伯爵の遠縁の娘だって聞いてるけど？」

「生まれは地方の男爵家よ。しかも没落寸前だったという話よ」

「下級貴族の成り上がりだから、男を誑《たぶら》かす計算が上手なのよねえ」

「あ、来たわよ。やっぱりアレを着ているわ」

イレーネが大広間に入ると、意地悪な言葉と冷たい視線が突き刺さってきた。それらから逃れるように、隅の方へ移動する。

（陛下のお言葉と乾杯を終えるまでは我慢しなくては……）

それまでここから出て行くわけにはいかないのだ。

大広間の隅にイレーネが移動すると、すぐさま次の憂鬱がやってくる。

「こんばんは。今夜こそ僕と踊ってくれるね？」

ニヤけた貴族の青年が目の前に立った。どこか忘れたが、子爵の次男坊である。

「すみません。わたしは踊れません」

イレーネが首を振る。

「喪服なのに素敵だ。いや、喪服が君のストイックな魅力を引き立てている。是非私と踊ってくれたまえ」

ニヤけた青年を押し退《の》けて長身の男性が手を差し出す。

「い、いえ、あの」

困り顔でイレーネは辞退する。

「踊りが苦手なら、僕と一緒に庭で語り明かさないか」

「向こうでカードゲームなどどうかな？」

男たちが引きもせずイレーネを誘いに集まってくるのだ。

「わ、わたしは、夫を亡くしたばかりなので、結構です」

首を横に振り続ける。

「もう半年も経《た》っているじゃないか」

「悲しみが癒《い》えていないのなら、僕が慰《なぐさ》めてあげるよ」

「私との恋で夫を忘れさせてあげよう」

彼らはイレーネの返事などおかまいなく迫ってきた。

男女の恋愛は宮廷の華と言われている。独身者だけでなく既婚者も結婚相手以外との恋を愉《たの》しむことにさほど抵抗を覚えていない。

女性の場合は、独身だけでなく既婚女性も人気があった。既婚だと経験豊富で熟した魅力があり、結婚を考えずに愉しめるというのが理由らしい。

既婚女性の中でも、未亡人の人気はとりわけ高い。着飾った女性たちが揃《そろ》う宮廷で、喪服のドレスに身を包んだ未亡人はとても目立つし、ストイックな印象が新鮮に映る。

しかも亡き夫の財産を相続していたら、夫を亡くした女性の寂しい身体を慰め、かつ財産のいくらかを頂戴できるという二重の旨《うま》みにあずかれるのだ。

とはいえ、そういう宮廷恋愛にも暗黙のルールがある。拒否されたらあっさり身を引く、という決まりだ。

しつこくせずさらりと振る舞い、次の相手に向かうのがよしとされている。しかしながら、イレーネの周りにいる男たちは簡単に引き下がってくれなかった。

イレーネは暫定的な女伯爵なので、フレイル伯爵家の正式な後継ぎを結婚か出産で作らなくてはならない。彼らはそれを狙っているからである。

「伯爵家に相応《ふさわ》しい後継ぎが必要なんだろう？」

「僕なら伯爵家の婿養子になれるよ」

長男でないなど家を継げない者たちは、婿に入ることで高い地位を暫定的に得られた。たとえばイレーネと結婚すれば、伯爵と同様の身分を暫定的に得られる。もし後継ぎを作ることができれば、伯爵の父親として身分はずっと高いままだ。大臣など高い役職に就くのも可能となるので、未婚の嫡子でない男性にはイレーネは垂涎《すいぜん》の存在だ。

既婚の男たちにとっても、イレーネは価値のある未亡人である。もしイレーネが自分との間に男児を産めば、自分の血を引く子が王国屈指の名家であるフレイル伯爵になるのだ。

イレーネと結婚していなくとも有力伯爵の父ともなれば、宮廷での地位が上がり立場も強くなる。そして自慢にもなった。

そういう理由で、イレーネを狙う男たちはしつこい。

伯爵の遺言の中でもとりわけ重要なことなので、イレーネは誰かを選んで後継ぎを作らなくてはならないのだが……。

（まだそんな気には、なれないわ）

亡くなった伯爵は歳が離れていて祖父のような存在だったけれど、いつもイレーネの目線に合わせて会話をしてくれていた。理知的で優しくて思いやりがあり、彼との会話はとても楽しくて、年の差を忘れてしまうこともあったくらいである。

地位も名誉もあるのに伯爵には驕《おご》ったところはなく、領民からも慕われていた。王宮では重要な役職を歴任し、国王から重用されていたらしい。イレーネは伯爵の妻になれたことを誇らしく感じ、彼を深く敬愛していた。

年齢を除外すれば、フレイル伯爵は夫としては理想的な相手だったのかもしれない。敬愛する夫を亡くしてからまだ半年だ。他の男性との恋愛や結婚など、すぐには考えられない。せめてもう少し時間がほしいと首を振ってしまうのである。

しかし、そんなイレーネの気持ちが裏目に出て、集まってくる男性を増やしてしまうということに繋《つな》がってしまった。

（ああどうしよう）

男たちに群がられ、イレーネは困り果ててしまう。

伯爵家の後継ぎとなる子を産むには、それなりに身分のある相手でなくてはならない。となると、この中から選ぶのが一番無難と言える。

それで、彼らを無下《むげ》に断るわけにはいかなかった。

（だけど……）

肉欲を感じさせられるギラついた視線を向けられると、ぞっとする気持ちが強くてそんな気になれない。

「こ、今宵《こよい》は、気分が悪いので……」

喪服の襟元をきゅっと掴《つか》んで、今夜も首を振ってしまった。

「それなら僕が看病をしてあげよう」

「気分の良くなる酒はどうかな？　一緒に呑《の》もうよ」

更に迫られてしまう。

「いいえ結構です」

イレーネは国王の言葉と乾杯が終わるとすぐに、男たちから逃げるように大広間の出口へと向かった。

「ちょっと待ちなさい」

出口付近で女性から声をかけられる。

「はい？」

振り向くと、銀髪をポンパドゥールに結い上げた吊《つ》り目の女性が立っていた。宝石を縫い込んだ豪奢なドレスを身に纏っている。

（この方は……ヤレス公爵夫人のミランダさん？）

ヤレス公爵は王太子の異母兄である。母親が愛妾《あいしょう》であったため、正妃からユリウス王子が生まれると、臣に下って公爵となっていた。ミランダはその人物の妻である。

「話があるからあっちに来なさい」

ミランダが大広間の向こうにある庭に顔を向けた。イレーネがそちらに視線を移すと、数人の女性が庭へ出て行くのが映る。

(あ……)

呼び出された理由がわかった。

前回の宴で、男をひとりに決めろと彼女たちから言い渡されていたのである。イレーネがぐずぐずしているため、男たちを奪われた形になっていた彼女たちから恨まれていた。

きっとこれからつるし上げに遭うのだろう。

(これは不味《まず》いわ)

行ったらきっと、前回よりもひどい言葉を投げつけられるに違いない。あの時は叩《たた》かれそうな雰囲気だった。今度は本当に叩かれるかもしれない。

「わたし、あの、気分が悪くて……」

逃げることにして足を踏み出す。

「わたくしの命令が聞けないの?」

厳しい言葉を返されてイレーネの足が止まった。

ヤレス公爵夫人は、ベルンドルフ王国の女性の中で最高位にいる。五年前に王妃が亡くなったため、国内で彼女より高い地位にいる女性はいないからだ。

いくら女伯爵の位を授かっているとはいえ、男爵家出身のイレーネは公爵夫人に逆らえる立場ではない。

「いえあの……すみません」

諦めて庭に向かう。

庭に出ると、奥へ行くように促された。

（あっちはテラスよね？）

王都が一望できる場所にあるが、テラスの周りには木が生い茂っているために、大広間からそこを見ることはできない。

茂みを抜けてテラスに出たイレーネは、驚いて目を見開いた。

テラスの庭灯に照らされて、着飾った貴族の女たちが浮かび上がっている。その数が前回よりもずっと多い。

（こんなに集まっていたの？）

「こっちに来てくださいよ」

女たちの前に立っていた赤毛の中年女性に命じられる。

（ダービット夫人だわ）

夫は宮廷画家なので身分は高くないが、ヤレス公爵夫人の腰巾着《こしぎんちゃく》をしており、虎の威を借りるなんとやらで強気なのだ。

イレーネは諦めの表情でテラスの奥へ行き、手すりを背にして立つ。手すりの向こう側は石壁が崖状になっているので、逃げ場がなくなった。

「何度も言っているけれど、殿方を誑《たぶら》かして振り回すのは、いい加減やめてくれないかしら。せっかくの宴が台無しなのよ」

ダービット夫人がイレーネを睨《にら》みながら言う。

「わたしは誑かしてなどいないわ」

胸に手を当ててイレーネは言い返した。

「何を清純ぶって……生意気ね」

「ほんとに」

ダービット夫人の言葉に、背後にいた女性たちも一緒に睨みながらうなずく。

「わたしが清純ぶる？」

心外だとばかりにイレーネは首をかしげた。

「可哀想な未亡人ですと、同情を引くために喪服を着ているじゃない」

「喪服が男性に人気なのを知っているからでしょう？」

「胸に手を当てるしぐさもわざとらしいわ」

女たちが口々にイレーネを責め立てた。

「違います。わたしはフレイル伯爵の喪に服していることを、みんなに知ってもらいたいだけです」

喪中なのだからそっとしてほしいと毎回訴えていた。そろそろ引いてくれると思ったのに、まさかこれほどまでにしつこく言い寄られるとは、予想していなかったのである。

それをわかってもらいたかったのだが……。

「喪に服したいとは健気《けなげ》だこと。でもわたくしたちは騙《だま》されないわよ。衿《えり》の詰まった喪服を身にまとった貞淑《ていしゅく》な未亡人は、殿方にとってそそられる存在ですもの。多くの男性を惹《ひ》きつける絶好の機会だと、利用しているんでしょ」

女たちはイレーネの話など信じず、鼻で笑っていた。

「利用なんてしていません」

きっぱりと否定する。

「ほんと、小賢《こざか》しいこと。たかが男爵家の小娘のくせにあのフレイル伯爵を誑かし、射止めただけあるわ」

そうでしょう？　と、ダービット夫人が振り向き、後ろで腕を組んで立つミランダに同意を求めた。

「ええそうね」

ミランダは忌々しそうにうなずくと、肩を揺らして歩き出す。イレーネの前まで来ると、恐ろしげな眼で見下ろしてきた。

「ですからわたしは、誰も誑かしてはいません！」

長身のミランダを見上げて訴える。

「まだ懲《こ》りずに清純なふりをするのね」

軽蔑しきった表情で見られた。

「清純なふりなんてしていないわ」

思わず強く言い返してしまう。すると、ミランダが右手を大きく振り上げたのがイレーネの目に映った。

「お黙りなさい！」

彼女の言葉とともに、バシッとイレーネの頬《ほお》を打つ音が響き渡る。

「ひっ！」

左頬を張られた瞬間、イレーネの目の前が真っ赤になった。あまりの勢いに身体がよろけ、テラスの手すりに腰がぶつかる。

「痛った……い」

顔を歪《ゆが》ませて頬と腰を抑えた。

「あらあら大げさだこと」

ちょっと撫《な》でるように叩いただけなのにねえ、というミランダの言葉が、痛みに苛《さいな》まれているイレーネの耳に届く。

（ちょっとじゃないわ）

いくらなんでもこれは理不尽な暴力だ。公爵夫人だからといって、許せるものではない。イレーネは顔を上げると、ミランダたちを睨みつける。

「なんて生意気な目をしているのかしら。不愉快だわ！」

ミランダが持っていた扇をイレーネに投げつけた。

「きゃっ」

羽根のついた扇が顔に向かって飛んでくる。手すりに持たれたままのイレーネは、上半身をひねって避けようとしたのだが……。

「ひっ！」

身体が後ろに大きく傾いてしまう。イレーネは左頬を押さえていた手を離し、手すりを掴もうと手を伸ばした。

すると……。

「宮廷にいる男はみんなあんたのものじゃないのよ！　えいっ！」

ダービット夫人が傾いているイレーネの身体を突き飛ばしたのである。

（えっ？）

手すりを掴もうとしていた手が突き飛ばされたはずみで外にずれた。

「わっ！」

イレーネの上半身が手すりの向こう側へ大きく倒れる。同時に、床から足が浮き上がった。

「ひ、あぁっ！」

大きく見開いたイレーネの瞳に、手すりの向こう側にある崖が映った。

「きゃあああああーっ」

イレーネの身体が、崖の下にある暗い湖へと落ちていく。


（わたしが何をしたというの？）

悲鳴を上げて落ちながら、イレーネは心の中で叫んだ。

石壁は垂直の絶壁で、その下は戦を想定して深く掘られた人造湖である。イレーネは泳げないので、落ちたら命はないだろう。

まだ二十歳だというのに、理不尽に人生を終えなくてはならない。

落ちぶれたハルム男爵家のために、初恋すら知らない十八歳で老人のフレイル伯爵と結婚した。

老人の慰み者になる自分の運命を少し呪ったけれど、最終的に結婚することを決めたのはイレーネ自身である。

ここで逃げたら男爵家はなくなり、自分も家族も路頭に迷う。それならば結婚を受け入れ、男爵家と家族だけでも助けたい。それに、意に沿わない結婚だとしても、前向きに生きていけばいいことがあるかもしれない。そう考えたからである。

当初の予想とは違って、伯爵はイレーネを孫娘のように可愛《かわい》がってくれた。フレイル伯爵は学者で、研究に力を入れすぎたため結婚の機会を逃してしまい、後継ぎがいない。それで遠縁のイレーネを妻に娶《めと》り、伯爵家を継いでもらいたかったのだという。

イレーネがいつか好きな人と子を成し、その子がフレイル伯爵として家を存続してくれたらそれでいいと、大切にしてくれた。

年老いていたが伯爵は素敵な男性で、イレーネはすぐに彼を好きになる。もし伯爵が若かったら、名実ともに彼の妻になれただろう。彼との子を育てながら暮らせたら、とても幸せになれたのにと、本気で思った。

だから、こういうことになって命を落とすことになったとしても、天国で伯爵に会えるのならいいのではないだろうか。

この先、生きていても楽しいことなどない。

女伯爵という高い身分を得て贅沢《ぜいたく》ができたとしても、煩《わずら》わしいことだらけだ。

言い寄ってくる貴族の男性たちにもうんざりしている。

こんなことなら、優しい伯爵の元へ行ったほうがいい。

（そうよ……もういいわ）

この世に未練などないと、イレーネは思ったのであるが……。

『そなたには、フレイル湖と領民の生活を、守ってほしい』

伯爵の遺言が頭によぎる。

彼がイレーネに優しかったのは、伯爵家を守り続けてほしかったからだ。領地の平和と領民の幸せを託したかったからである。

けれども、もう遅い。

イレーネは死の淵《ふち》に向かっている。

今更後戻りはできない。

（ごめんなさい伯爵さま）

心の中で謝罪をする。

するとその時、イレーネの脳裏に伯爵の言葉が蘇《よみがえ》った。

『この指輪に嵌っている宝石を握ると、半時だけ……時間を戻すことができる。もし死にそうになったとしても、生き返ることができるのだ』

命が尽きる直前、伯爵が病床でイレーネに告げた内容である。

『生き返るのですか？』

驚いて聞き返した。

『暴漢に襲われたり、事故で命を落としたりといった時に、握るといい。ただし、一度しか使えない』

『それなら伯爵さまがお使いください。そうすれば……』

『私はもうだめだ。ほんの少し時間を戻しても、老いた身体には、焼け石に水だ。それに、若い頃に危険な目に遭って、その石を何度か使っている。使いすぎて……そなたの指輪が、最後になってしまった』

これだけは大切な人に使ってもらいたかったのだと、伯爵は力なく笑った。

『伯爵さま！』

『とにかく、フレイル湖と、領民と、ベルンドルフ王国を頼む……後継ぎも頼む……もしそなたが……王宮へ行くことがあれば……おうた……』

そこまでで伯爵の力は尽き、天国に召されたのだった。

（おうたとは？　それより時間を戻して生き返る？）

イレーネがいずれ王宮でこのような目に遭うことを、伯爵は予想していたのだろうか。

とにかく、ここでイレーネが死んだら、彼の望みはすべて絶たれる。

（ほんとうにこれで？）

それに、イレーネとてこんなことで死にたくない。

ミランダたちにいいように言われて、叩かれて、侮辱《ぶじょく》されたまま天に召されるのは悔《くや》しすぎる。

戦わずに負けたようなものである。

(いやよ！)

それだけは嫌だと心の中で叫ぶ。

何もせず悪い運命に負けてしまうのがイレーネは大嫌いである。

――落ちていく数秒の間に、すさまじい速さでイレーネの脳内にこれらのことが駆け巡った。

指輪の嵌った手をぎゅっと握る。

(アルラルラアルラルラ……)

教えられていた呪文を心の中でつぶやいた。

ほどなく、イレーネの身体は湖に叩きつけられる。

大きな水音としぶきが上がった。


「あら？」

はっとしてイレーネはあたりを見回す。

そこは、王宮の中にあるフレイル伯爵家の控え室だった。イレーネは控え室の中にある衣裳部《いしょう》屋にいて、鏡に向かって立っている。

「なぜここに？　それに、濡《ぬ》れていないわ」

深い人造湖に落ちたはずなのに、喪服のドレスは乾いていた。

「叩かれた頬も痛くないし赤くもなっていない」

鏡に映る自分の顔をじっと見る。

「イレーネさま、そろそろ宴が始まります」

侍女の声が衣裳部屋の外から聞こえた。

（宴が……始まるって？）

窓に顔を向けると、夕暮れ手前の空が目に入る。

「宴の前に戻っている？」

呆然《ぼうぜん》とつぶやく。

ふと思い出して、自分の手に視線を落とした。

「これは……」

指輪の中央に嵌っていたはずの青い宝石が、灰色の石ころに変わっている。

（やはりこの石が時間を戻して、わたしを助けてくれたの？）

伯爵の言葉通りのことが起こったのだろうか。

自分が生き返って少し前の世界に戻ったのなら、これから大広間での宴に出る。そして男たちに言い寄られ、女たちから妬《ねた》まれて……。

（このまま行ったら、また同じことが起こるのではないかしら）

突き飛ばされたタイミングが悪くて、手すりを掴めずに落ちたのだから、次はそんなことにならないと思う。

（でも、絶対にならないという保証はないわ）

ふたたびテラスから落とされたら、今度は確実に命を落とすことになる。指輪の石はもう使えないのだから……。

もしテラスから落ちずに済んでも、女たちから妬まれ続けることには変わりはない。彼女たちを通じて、夫の貴族たちから疎まれるかもしれないし、イレーネに言い寄ってきている男たちからも、拒まれ続けたせいで憎まれたりしないだろうか。

（そんな状態で、女伯爵としてフレイル湖や領地を守っていけるのかしら……）

胸の中に不安が膨《ふく》らんでいく。

「それなら、どうすればいいの？」

鏡の中にいる喪服の自分に問いかけた。

光沢を抑えた黒いドレスは、首までぴっちりとホックで留《と》められている。肌の露出を抑え、身体のラインも極力出ないように仕立ててあった。これに黒い手袋を嵌めて黒い帽子を目深に被ると宴の準備が完成する。

確かに自分は、絵に描いたような貞淑な未亡人だ。そしてその姿に男はそそられるのだと、ダービット夫人たちが言っている。

イレーネがいつまでも喪服でいるのは、大勢の男からちやほやされるためではない。けれど周りはそうなのだと決めつけている。

「違うわ！」

鏡の向こうにいる自分に向かって否定する。

伯爵の喪に服していたいだけなのだ。もし喪服を脱いで普通のドレスを着たとしても、女伯爵を狙う男たちは言い寄ってくるだろう。それをわかってくれる人はおらず、喪服のイレーネを責め立てるのだ。

（後継ぎを得るための相手を決めればいいの？）

今のところ好意を抱く相手は見つかっていない。誰かに決めるのは無理だ。それに、後継ぎのことよりもフレイル伯爵家の運営を軌道に乗せることに当面は心血をそそがなくてはならず、男性と付き合っている暇はない。

（でも、このままだとまた同じように妬《ねた》まれるわ）

どうしたら男たちが自分に群がらなくなるのかと、イレーネは考え込む。

（そうね……）

いい子ぶりっこと言われるような態度を取らなければいいのではないだろうか。

同情を引いたり、支えてあげたくなるような儚《はかな》げな雰囲気を纏わなければ、安易に言い寄られることもないだろう。

そうなれば、女たちからも妬まれないはずだ。

(それにはどうすれば?)

頭の中で自問自答をする。

(たとえば……お芝居に出てくるような悪役夫人になればいいのかしら…)

イレーネの脳裏に、ヤレス公爵夫人であるミランダの姿が浮かんだ。

公爵夫人ということもあるかもしれないが、彼女に言い寄る男性を見たことがない。夫のヤレス公爵とは踊っているけれど、他はいつもお取り巻きの女性がいるだけだ。

ああいう傲慢な態度でいれば、わざわざ振らなくても男たちが近寄らないような気がする。

(あんなふうにしていればいいのかしら)

いずれ伯爵家の後継者を作らなくてはならないけれど、上辺だけを見て去っていくような男など、失っても惜しくはない。

嫉妬深い女たちも、弱々しい未亡人だからいちゃもんをつけにくるのだ。気の強い公爵夫人のような振る舞いをしていれば、意地悪だってしにくいだろう。

(そうよ、そうしましょう!)

「それにはまず……」

イレーネは鏡の向こうにいる貞淑な未亡人姿の自分をじっと見つめた。

第二章　悪役伯爵夫人参上

大広間では宴が始まろうとしている。

「またあの成り上がり未亡人が来るのかしら」

入口の手前にいたイレーネの耳に、意地悪な言葉が聞こえてきた。

「これ見よがしに喪服ドレスを着てくるに違いないわ」

「清純そうな未亡人が男に好まれるのを知っているのよ」

以前も耳にした言葉が、そっくりそのまま届く。本当に時間が戻ったのだ。伯爵家に伝わる宝石の力を実感する。

そしてここからは、以前とは違う展開になるはずだ。

（このあとどうなるのかしら）

イレーネは胸を張って大広間に足を踏み入れる。

すると、気づいたひとりが、あっという表情で目を見開いた。

「どうしたの？　まあ……」

「え……」

入ってきたイレーネを見て、噂話をしていた女性たちが驚きの表情を浮かべたまま固まっている。

イレーネはこれまできっちり結い上げていたブルネットの髪を下ろしていた。胸元が大胆に開いた黒レースのドレスを纏っている。

胸の谷間をはっきりと見せて、腰はコルセットできゅっと細く締めた。マーメイドラインのシルエットは、丸い臀部《でんぶ》を強調している。

これまでの貞淑な未亡人という雰囲気から、扇情的な喪服を着た悪女的な未亡人に変身を遂《と》げていたのである。

(みんな驚いているわ)

真っ赤な口紅を引いた顔に、不敵な笑みを浮かべてみせた。

「イレーネ。ずいぶんと印象が変わったね……」

さっそく近づいてきた青年が、苦笑しながら問いかけてくる。イレーネは青年を横目で一瞥《いちべつ》すると……。

「……あらそう？　あなたがわたしを知らないだけよ」

つんっと横を向いた。

「え？」

今までのおどおどした受け答えのイレーネとはまるで別人のような態度に、青年は更に驚いている。

二人の会話を聞いて他の男性たちがやってきた。

「イレーネ、今宵の君はいつもと少し雰囲気が違うけれど、とても美しくて好みだ。是非私と踊ってください」

「いや、僕と踊ってください。魅力的な君にドキドキが止まらないよ」

戸惑う青年を押し退けて、既婚の男性たちが積極的に迫ってくる。

あっという間にイレーネはこれまでより多くの男性に囲まれた。

「なにあれ。未亡人なのに派手すぎない？」

「もっと男を集めようとしているんだわ」

「あさましいわね」

非難の声が聞こえる。突き刺さってきそうなほど鋭い視線を向けられているのが、遠目からでもわかった。

（あ、あら、予想外に大勢の男性が集まってきてしまったわ！　でも、ここでひるんではだめよ！）

イレーネは顎を上げて男たちを見る。

「わたしと踊りたいの？　いいわよ。でも、それにはわたしの願いをきいてもらわなくてはならないわ」

手のひらでこれ以上近づくなと制しながら告げた。

「お願いですか？」

突然なんだろうという表情で男たちが首をかしげる。

「わたしは名門フレイル伯爵家の女当主よ。普通の貴族の女性と一緒にされては困るわ。女伯爵に見合う殿方と踊りたいの」

イレーネは笑みを浮かべて男たちに視線を巡らせた。

「み、見合うというのは、身分の高い者ということですか」

年若い青年の一人が、表情を強張《こわば》らせて問いかける。

「もちろん身分は必要よ。それに加えて、わたしを喜ばせてくださることをしてほしいわ。たとえば……」

すっと手を持ち上げる。

「この指輪に相応しい宝石を見つけてきてくださる方とか……」

石ころが嵌っている指輪を見せた。

「指輪に合う首飾りや髪飾りもいいわね。それから、上等なシルクと繊細なレースで仕立てたドレスやお帽子、新しい馬車や……」

次々と高価なものを口にする。

「身分については、フレイル伯爵家と同等以上の家柄の方が望ましいわね。それよりも下だと、お付き合いは難しいかしら。ああでも、身分を補えるほどの資産を持っていらして、相応な贈り物をわたしにしてくださるのなら、考えてもいいわ」

その言葉に大半の男たちがざわついた。

フレイル伯爵家は伯爵の称号を持つ家の中で最高位にある。ということは、侯爵以上の身分を持つ上級貴族でなければならない。

裕福で高位の男性しか相手にしないと言ったも同然である。

(ふふ、うまくいったわ)

イレーネの言葉に、周りの男性たちが落胆《らくたん》の表情を浮かべていた。

ここに集まっているほとんどが、中程度の貴族である。婿養子になりたい青年などは、もっと低い身分だ。もちろん豊富な資産など持っているわけがない。

「残念だけど、条件に当てはまらない方は諦めてちょうだい」

冷たく言い放つと、身分の低い青年たちがしゅんとしながら離れていく。

(やったわ)

心の中でほっとする。

しかし……。

「聞いたよ。上位の男と付き合いたいんだって?」

かなり年上の男性に声をかけられる。

「あなたはブラウ侯爵家の……」

侯爵家の次男坊だ。家は継げないが宮廷で要職《ようしょく》に就いている。今後の功績によっては、数十年後には相応の身分を与えられるはずだ。だが、もしイレーネと結婚すれば、何年も待たずに伯爵の位を得られる。

「身分なら私などどうかな」

自信たっぷりに質問された。

「私も名乗りを上げよう！　若さはないが身分と資産はあるぞ」

青年貴族たちと入れ替わるように、上級貴族の中年男性たちがやってきた。上位の爵位を持っていたり、家柄や資産を備えたりした男性たちである。

「み、身分や資産だけじゃないわ」

冷や汗をかきながら、集まってきた男たちに視線を向ける。

「何よりもわたしを優先し、守ってくださらないと」

「もちろんですよ」

騎士さながらに男たちはうなずく。

「まあ、嬉《うれ》しいわ。それではわたしへの想《おも》いが真実であることを、証明していただいてもいいかしら？」

「いいですが、なにをすればいいのかな？」

男たちは余裕の笑みを浮かべてイレーネに問いかける。それなりに身分のある裕福な貴族は、貧乏な青年貴族よりも手強《てごわ》そうだ。

イレーネは思案を巡らせる。

「たとえば……今度開かれる剣の競技会とかかしらね」

いい案が閃《ひらめ》いた。

「剣の？」

中年貴族たちの笑顔がわずかに翳《かげ》る。

「最低でも入賞できる方が望ましいわ」

身分が高く高価な贈り物をしてくれて、剣の腕もある者なら理想的であると、イレーネは訴えたのだ。

「それは……」

身分や遊びには自信があるが、中年の男たちは若い頃にしか剣の習練をしていない。ここ数十年は大きな戦も起こっておらず、剣を手にする機会がないのだ。

「ではそういうことで」

笑みを浮かべた口元を黒い羽根飾りのついた扇《おうぎ》で隠すと、イレーネは彼らに背を向ける。見るからに傲慢で強欲な悪役伯爵夫人という態度だ。

ちょうど国王が挨拶を終えたところだったので、呆然とする男たちを置き去りにして、大広間から出ていくことにする。

誰一人イレーネを呼び止める者はいなかった。

(うまくいったわ！)

イレーネの悪女的な雰囲気に圧倒され、誰も強引に迫ってこられない。女たちも、悪役風に変貌したイレーネに慄《おのの》き、何も言えないようだ。

(とりあえずこれで、しばらくは男女ともわたしから距離を置いてくれるわね)

フレイル伯爵家の運営が軌道《きどう》に乗るまでこれでいこうと、心の中でほくそ笑む。


けれども翌月……。


「我が家の家宝を君に贈ろう」

「貴女《あなた》に似合う首飾りを見つけてきましたよ」

「剣術の競技で入賞した。これで君を悪者たちから守れる」

などなど、男たちの何人かはイレーネが突きつけた条件を満たしてきたのである。

しかも言い寄る上級貴族が増えていた。フレイル伯爵家の婿や後継ぎの父親になることに興味のない層の男たちである。

イレーネが提示したハードルが高いことで、逆に興味を持たれてしまったらしい。

「どうだい。素晴らしい宝石類だろう？　どれも君にぴったりだ。うちにはこういった宝石が山のようにあるんだよ」

「私の地位と経験で、君に大人の恋を教えてあげよう。誰よりも素晴らしい恋人になる自信がある」

「君と付き合う男は、宮廷一の色男ということになるらしいね。僕にはその称号を得る資格があると思うんだ」

競うように言い寄ってくる。

「んまあ。わたくしには贈り物なんてしたことないのに」

「競技で入賞？　いつも遊んでばかりいるあの方たちが？」

「資産家の殿方たちがみんなあの女に引き寄せられているわ」

「前よりも男が集まっているじゃない」

女たちが強烈な嫉妬に燃えた目を向けてきた。

（なんてことなの！　も、もっと嫌な女にならなくては）

心の中ではかなり焦りながらも、イレーネは涼しげな表情を浮かべてため息をついた。

「わたしがこの程度の女だと、思っていらっしゃるの？」

宝石や首飾りを見下ろし、いかにも満足できないというふうに目を逸らした。

「お気に召さないのですか」

問いかけにイレーネは深くうなずいた。

「宝石も身分も、わたしには不足だわ」

落胆の表情で首を振る。

「これで不満だと？」

豪奢な宝石を前にして嘆息するイレーネに、男たちが固まった。

「残念だわ……」

イレーネは踵《きびす》を返す。胸元の開いたドレスの谷間で乳房が揺れ、それを見せつけるように胸を張って歩いた。

ほとんどの男を袖にしたイレーネを見て……。

「あの宝石で満足できないなんて」

「どの殿方も不満なのですって」

「なんという強欲な女なの？」

女たちは非難しながらも、自分の夫や狙っていた男を取られなかったことで、ほっとした表情を見せていた。

「ほう。君はそこらの女とは違っていいね」

背後から声をかけられ、イレーネは足を止めて振り向く。

（この方は……）

金糸《きんし》で縁取られた豪奢な貴族服を纏《まと》った男性が目に入る。

「公爵さま……」

それまで、イレーネにまったくと言っていいほど興味を示していなかったヤレス公爵だ。王太子の異母兄で、臣に下って公爵となった元王族である。そして、イレーネが前回死ぬ原因となったあのヤレス公爵夫人ミランダの夫だ。

「若くて美しく気高い女はいいね。私の好みだ」

真ん中分けにした肩までの銀髪をなびかせ、イレーネの前に立ちはだかっている。すっと手を差し伸べられた。

「わ、わたしは……」

「もちろん君の意のままに宝石でもドレスでも、黄金の馬車さえ用意しよう。ああ、わたしは国王軍の副総帥を務めていることは知っているね?」

この国の軍隊は、王太子を総帥としている。なのでヤレス公爵は、貴族の中で最高位にいる軍人ということだ。

少したれ目で口ひげを生やした三十代のヤレス公爵は、貴族の女性たちの憧れの的である。彼と一夜を共にできれば一生の自慢になるとまで言われていた。

とはいえ、イレーネにそんな気はない。しかも、にやけた顔で立っているヤレス公爵のはるか後方に、彼の妻がいる。

背中から炎が立ち上っているような怒りのオーラを、ミランダが放っていた。

（これは不味《まず》いわ！）

テラスから突き落とされる前に、ミランダから剣で八つ裂きにされてしまいそうな恐ろしさを感じた。

「だ、だめよ……」

慄《おのの》きながら首を振る。

「だめ？　なぜ？　私に不足などないはずだろう？」

不思議そうに問われた。

自分の誘いを断るなど理解できないというふうに、ヤレス公爵が首をかしげている。

「わ、わたしには、もっと素敵な、こ、恋人がいるのよ」

しどろもどろに言い返した。

「は？　私より上の者がいるとでも？　国王陛下はご老体だし、ユリウス王太子は君よりずっと年下だ。私よりも素敵な恋人とは、いったいどこにいると言うんだね？」

ヤレス公爵がキョロキョロとあたりを見回して笑った。

「え、えっと、そ、その王太子殿下が恋人なのよ！」

と、イレーネが苦し紛れに叫んだ時である。

「え……僕？」

という驚きの声が背後から聞こえてきた。

振り向くと、大広間の入口付近でユリウス王太子が目を大きく見開き、イレーネの方を見つめている。

「で……殿下！」

（いつのまにいらしたの？）

ユリウスは、いつもは青白い頬をうっすらと赤くし、ガラスのような青い瞳を不安げに揺らしていた。

驚いた小動物が棒立ちになっているような様子で、イレーネたちを見つめている。

「殿下と恋人だと？」

まさかという表情でヤレス公爵がつぶやく。

「ええ、そうよ！　今宵もこれから、お、大人の夜を過ごすのよ」

イレーネは答えながら、ユリウスの方へ歩き出す。

（と、とにかく、謝っておこう）

いくら少年ぽくて頼りないとはいえ、相手は成人した王太子である。勝手に恋人だなんて吹聴《ふいちょう》したら、不敬だと罰せられる行為だ。

（失礼なことを言ったおわびをヤレス公爵たちに聞こえないようにこっそりして、ここから退出することにしよう）

イレーネは背中に冷汗が流れるのを感じながら、顔には平然とした表情を浮かべて歩く。

「あのユリウス王太子殿下といつの間に？」

「まだ子どもじゃない」

通り過ぎる際に、女たちの驚きの声が聞こえてきた。

「子どもではないわよ。先々月に成年式を終えられているもの。でも、中身はまだまだ子どもかもしれないわね」

「殿下が誰かとお付き合いなさっているお話なんて、聞いたことがないわ」

「もしかして、殿下の閨《ねや》のお相手役になったんじゃないの？」

「ああそれかも。年上で未亡人なんてちょうどいいものね」

「ええ、ええ、そうよね」

王太子が年上の未亡人と付き合うなんてありえないが、閨の稽古というのならなくはない。イレーネが勝手に恋人だと思っているだけで、本当は練習相手に過ぎないとなれば、女たちにとって納得できる。

（そうよ。そう思ってくれたらいいわ）

心の中でイレーネも同意した。

「で、殿下、ご機嫌麗しゅう存じあげます」

ユリウスの前まで行くと、イレーネはドレスを摘まんで膝を曲げる。呆然としたままのユリウスに深々と頭を下げた。

「あの、わたくし、イレーネと申します。亡きフレイル伯爵の妻で……」

頭を下げたままそこまで言ったイレーネの眼前に、青白い手が伸びてきた。

「来て……」

頭上から声がしてすぐに手首を掴まれた。

「え？　あの、殿下？」

顔を上げたイレーネの目に、頬を染めたユリウスの顔が映る。

「こ、これから、大人の夜を、過ごすんだよね？」

はにかむように問いかけられた。

「それは、えっと、国王陛下のお言葉が終わってから……」

（やっぱりさっきの言葉が聞こえていたのね）

成年に達したばかりのユリウス王太子にとって、かなり刺激的な内容だったに違いない。これはしっかり訂正し、心からの謝罪をしなくてはならないと思った。

だが、ヤレス公爵がイレーネのすぐ後ろにいる。イレーネがユリウスと付き合っていることが事実かどうか確認しようとしているのだろうか。

（ここで訂正したら、先ほどの嘘《うそ》が皆にも伝わってしまうわ）

困惑していると、ユリウス王太子が掴んでいたイレーネの手首を強く引いた。

「そうやって焦らすのはひどい。父上にはあとで話しておくから今すぐに行こう。さあ、早く、

急いで！」

イレーネを引っ張るようにして強引に歩き出す。

「で、殿下！」

宰相が慌てたように小走りで来た。彼にもこの顛末《てんまつ》が聞こえていたらしい。ユリウスはいったん足を止めると宰相に顔を向けた。

「これからこの女《ひと》に、お、大人の夜を、教えてもらうから」

恥ずかしそうな表情でユリウスが宰相に告げる。

「大人のとは、あの」

戸惑いながら宰相が首をかしげた。

「成年になったらしろと、おまえも父上も、僕に言ったやつだよ」

はにかむようにうつむき、ユリウスは小声で答える。

「そ、それは、申し上げておりましたが……あのですね。お相手は、私どもがご用意いたしますので」

宰相が小声で返す。

「用意なんていらない。僕が自分で決めるよ」

ユリウスは拗《す》ねたように口を尖《とが》らせた。まるで子どもがいいつけを守ったのに叱られたような表情をしている。

「これから陛下のお言葉がございますので、そのようなことは、もう少しあとで、落ち着いてから……あの」

宰相はなおも食い下がった。

「あとでだと眠くなっちゃうよ。父上にもそう言っておいて」

我儘《わがまま》に宰相へ返すと、ユリウスはイレーネを伴い大広間の奥へと歩き出す。

（どうなっているの？）

イレーネは困惑しながら、ユリウスの顔と背後の大広間を交互に見る。

置き去りにされた宰相は困り顔で立ちつくしていて、ヤレス公爵は不思議そうに首をかしげていた。イレーネたちを追いかけるように、後ろからユリウスの護衛がついてきている。

「殿下、先ほどのは……」

事情を話そうとしたところ……。

「わかっている。だまってて」

小声で命令され、イレーネは口をつぐむ。

（今の……？）

子どもっぽいユリウスが発したとは思えない強い口調だった。しかもこれまで聞いた声よりかなり低い。

（どこへ行くの？　この先は……）

大広間の奥には、金のレリーフが施された大きくて豪華な扉がある。王族専用の出入口で、ユリウスはそこに向かって進んでいた。

第三章　初めての大人の夜

王族専用の扉から二人が出ていくと、大広間にざわめきが戻る。

「殿下の声を聞いたの初めてかも」

「小さい頃ならあったわよ。もっとか細くて高かったわ」

女たちは閉じられた王族用の扉を見つめながらつぶやき、うなずき合う。

「いったいいつ殿下と関係したのでしょうね」

宮廷画家の妻であるダービット夫人が、怪訝《けげん》そうな表情を浮かべて首をひねる。

「女伯爵として上級貴族院会議に出ているから、その時なのでは？」

ミランダが答えながら、自分の夫が大広間の中央に向かって歩いていくのを横目で睨みつけていた。

「なるほどねえ。でもよくあの陰気な殿下と通じあえましたわね」

「身体だけでしょ。殿方なんて、みんな同じよ」

吐き捨てるように言うと、ミランダは大広間から出て行ってしまう。

「あら、ご機嫌が悪いのね」

ダービット夫人が両手のひらを上に向けて、肩をすくめた。

「ほら、あれをご覧になったのよ」

近くにいた子爵令嬢が囁《ささや》く。

「あらまあ……」

振り向いたダービット夫人は呆《あき》れたように口を開ける。

ミランダの夫であるヤレス公爵が、大広間の中央で若い女性の手を取りダンスを始めていたのである。イレーネに振られたことなど忘れてしまったかのように、女性の腰に手を回し、とても楽しそうに踊っていた。

「今宵の公爵のお相手はあの若い娘なのね。それで……」

ミランダが怒ったように出て行ったことに納得する。

「未亡人以外にも、心配の種は尽きないわね」

扇を口に当てて子爵令嬢が笑った。

「身分も地位も容姿も揃えた夫を持つのも大変よねえ」

ダービット夫人も笑みを浮かべてうなずいた。

「わたくしたちは身分相応に楽しみましょうよ。未亡人がいなくなったから、殿方がたくさん余っているわ」

楽しそうに子爵令嬢が大広間を見渡す。

「そうね。公爵夫人がいらっしゃらないから、あの方を気遣ってそばにいて差し上げなくてもいいし」

「気兼ねなく公爵とも踊れるわね。今宵はイレーネに感謝かも」

女たちは大広間にいる男たちの方へ嬉しそうに散っていった。


その頃。

イレーネは大広間の向こうにある廊下を歩いていた。

(ここは王族専用の控《ひかえ》の間があるところよね？)

王族以外は許可なく入ってはいけない領域だと教えられている。戸惑うイレーネに構わず、ユリウスは進んでいた。

白い大きな扉の前に来ると、ついてきていた護衛に開くように命じている。

「おまえたちはそこで待っていて」

護衛には廊下の外にいるよう指示すると、イレーネを部屋に引き入れる。

(なんてすごいお部屋なの？)

金銀の装飾がきらめく美しい部屋が目の前に広がっていた。

大広間も豪華だが、この王族専用の控の間には繊細な美しさを持つ豪奢な家具調度品が、ずらりと揃えられている。

部屋の奥の長椅子まで来ると、ユリウスはやっとイレーネの手を離した。

「はぁ……緊張した……」

長椅子の背もたれに手を置いて、溜《た》め息をついている。

「あの……」

ユリウスの後ろに立っていたイレーネは、おそるおそる声をかけた。

「え……ああ……」

青白い顔をゆっくりと動かしながら振り向く。

「……君は僕の、恋人だよね？」

少し戸惑った感じでユリウスから問いかけられる。

「先ほどは、か、勝手なことを……あの、これには事情が……」

イレーネは頭を下げながら謝罪の言葉を口にした。

「しっ、声が大きい！」

口に指を当ててユリウスから叱られる。

「外にいる衛兵に聞こえないように話してくれ」

「は……はい、すみません」

小声で返事をした。

(なんだか……いつもと違う)

口調が大人っぽい。先ほど大広間で命じられた時も、こんな感じだった。

「謝らなくていいよ。君のおかげで僕もあそこから出て行くことができて助かったし」

ほっと息をついている。

「出て行きたかったのですか?」

イレーネの質問に、ユリウスは諦めたような表情でうなずいた。

「ああいう場所は苦手だ……今日は、嫌な奴《やつ》もいたからね」

「嫌な?」

「まあいろいろとあるんだ……」

言いたくなさそうな表情で横を向いた。

(ここに戻りたくて、わたしを連れてきただけなの?)

先ほど一瞬大人っぽく感じたけれど、やはりユリウスは見かけどおりに幼いのかもしれない。

「すみません。では、わたしはこれで……」

もう用済みだろうと思ったイレーネは、スカートを摘まむと膝を軽く曲げて王族に対する退出の挨拶をした。

「これから僕と大人の夜をすごすんだよね?」

「え？」

ユリウスから返された言葉にイレーネは目を見開く。

「そんなにすぐに出て行ったら、衛兵たちからおかしいと思われる。彼らから宰相に伝わり、宴に出たくないという我儘のために僕が嘘をついたとみなされるだろう」

「そ……それは、そうですね」

再び大人っぽい口調でよどみなく言われ、ドキッとする。これまでや大広間で見せていたおどおどとした小動物感がまるでない。普通の成人男性だ。

「しばらく君にはこの控の間にいてもらう。とりあえずここに座って」

長椅子に腰かけたユリウスから、隣の空いているところを示される。

「わかりました。失礼します」

彼の横に腰を下ろす。

「なぜ僕が恋人だと言ったのかな？」

イレーネに顔を向けて質問してきた。

（……また雰囲気が変わった？）

我儘な少年でも大人っぽい命令口調でもない。年相応の話し方である。

（髪型のせいかしら）

いつもは長い前髪が目を覆っていて、陰気な少年という風情なのだが、今は前髪を上げていて顔の全貌が露《あら》わになっていた。

（こんなお顔立ちだったのね）

よく見るとユリウスは、すっきりと整った顔立ちをしている。透き通るような青い瞳と通った鼻筋に、形のいい唇を持っていた。

これまで青白くて陰気に感じていたのは、前髪で顔に影が差していたせいかもしれない。

彼の美しさにドキドキしながらも、悪女な伯爵夫人という自分の設定を思い出す。

（しっかりしなくてはいけないわ）

「実はわたし……たくさんの殿方に言い寄られております。でもその中に魅力的だと感じる方がいらっしゃいません」

余裕の笑みを浮かべてユリウスに答えた。

「ふうん……」

イレーネの傲慢な答えを、ユリウスはつまらなそうな表情で聞いている。

「それで、皆さんに諦めていただけるように、この国の若い男性で最上位にいらっしゃる殿下が恋人だと、口からでまかせを言ってしまいました。すみません」

ここは素直に頭を下げた。

「権力や経験にこだわるなら、僕よりヤレス公爵の方がいいのでは？　先ほども一緒にいただろう？」

「ええ、おりましたけれど、あの方は大勢の女性の憧れの的ですわ。うっかり手を出すと、王宮内で多くの女性たちから嫉妬されてしまいます。女の嫉妬は怖いんですよ、殿下」

時には命を落とすこともあるのだとイレーネは心の中で続けた。

「僕なら嫉妬をされなくていいと？」

ちょっとむっとした顔を向けられる。

（この表情は……）

ユリウスにも男としてのプライドがあるらしい。イレーネはふふふっと、さも楽しそうに笑うと……。

「そうですわ。だって、殿下がとても魅力的だということは、わたしだけしか気づいていないのですもの」

ユリウスに顔を近づけて囁いた。

「……君だけ？」

ユリウスはびっくりしたように目を見開いている。イレーネが顔と胸を近づけたせいなのか、顔がほんのり赤い。

「上級貴族院会議で、陛下のお隣にいらっしゃる殿下を拝見できる女性はわたしだけですわ。そのあとの宴には、殿下はめったに出ていらっしゃらないでしょう？」

この国でユリウスの姿をじっくり見ることのできる女性は自分だけだから、魅力に気づけるのだと答えた。

「宴は苦手なんだ。本当は貴族院会議も出たくない」

口をへの字に曲げて言う。

「まあ、どうしてですか？」

「それは、君に言う必要はない！」

これまでよりも厳しい言い方で返された。王太子に対して出過ぎた質問だったらしい。

「すみません」

肩をすぼめて謝罪する。

「あ、いや、僕もついきつい言い方をしてしまった。話を戻そう」

すまないという表情でイレーネを見た。

「は、はい」

どの話に戻すのだろうと思いながら同意する。

「早速僕に、大人の夜を教えてくれ」

「えっ？」

聞こえてきた言葉に驚く。

「理想の恋人である僕と深い関係になっていると皆に知らしめれば、君も都合がいいのだろう？

僕も、成人したのだから愛妾などを作れと父上や宰相から言われている。ちょうどいい機会だか将来妃を娶る時の備えとして、経験値を上げるためにそのようなことをしなくてはならないらしい。

「あのでも、愛妾はもっと若い方がよいのでは？　わ、わたしは未亡人ですから、言うなれば、お古ですわ」

「構わないよ。初めての相手は経験豊富な女性がいいと、父上も宰相も言っている」

「で、殿下は、初めてなのですか？」

王族や上級貴族は、若いうちから侍女などを相手に経験を積んでいることが多い。王太子のユリウスもそれなりに経験があっても不思議ではない。

「初めてだよ。だからよろしく頼むよ」

本当に初めてのようだ。

「で、でも、あの……」

イレーネには男性経験がない。未通の乙女で結婚し、そのまま未亡人になっている。

「ここまできて僕では嫌だと言わないよな？」

戸惑うイレーネを見て、嫌がられていると感じたようだ。

「もし拒否するのなら、身分も領地も取り上げるぞ」

王太子として男として、断られるのは矜持《きょうじ》に関わるのだろう。

「それは困ります！」

（どうしよう）

イレーネを経験豊富な未亡人だと思い、大人の夜をやる気満々になっている。子どもだと侮っていた王太子は、やはり成人した大人なのだ。

「さあ早く教えてくれ。僕も暇ではないんだ」

ぐずぐずするなと急《せ》かされる。

「ごめんなさい。わたし、あの、み、未経験なんです！」

仕方がないので、本当のことを告げる。

「は？　未経験？」

イレーネの言葉に、ユリウスの片眉が吊《つ》り上がった。

「そのような嘘に僕が騙されるとでも？　夫を亡くしたから未亡人なのだろう？　経験がないわけがない」

険しい表情で問い詰められる。

「嘘ではありません」

首を振って訴えた。

「相手を見て嘘を言え。僕はこれでもこの国の王太子だ。これ以上嘘をついて侮辱するのなら、本当に身分を剥奪《はくだつ》して国外追放にするぞ」

かなり怒った表情で言い渡された。

(この方はこんなふうに怒るの?)

これまで見たことのないユリウスの態度に驚く。

イレーネが王宮で目にしていた彼は、いつもおどおどしていてうつむいていた。国王どころか王太子を務めるのも無理な印象で、とても弱々しかったのに、ここでは一変して支配者の顔で迫ってくる。

(嘘ではなく本当のことなのに……)

悪女の未亡人として振る舞っていたイレーネが本当は未経験だと、どうすれば信じてもらえるだろう……。

これ以上訴えても、信じるどころか嘘だと激怒するだけかもしれない。本当に爵位と領地を取り上げられてしまうこともありえる。

(それならもう、経験豊富な未亡人としてやるしかない?)

いくら未経験とはいえ、フレイル伯爵に嫁ぐにあたり、夜の花嫁教育も受けていた。しかも、かなり年上の相手に嫁ぐということで、もし閨で伯爵がその気にならなかったら試してみる性技などを、乳母から伝授されていたのである。

(あれをそのままますれば、経験豊富な未亡人のフリができるかもしれない)

キスやちょっとした触れ合いだが、ユリウスも初めてならそのくらいで満足してくれるのではないだろうか。

(そうよ。それでいくしかないわ！　やらないで罰せられるより、やれるだけやってダメなら諦めがつくもの)

イレーネは決心した。

そして、憤慨《ふんがい》の表情を浮かべたままのユリウスに顔を向ける。

「殿下……」

吐息交じりの声を発した。

「……え？」

突然イレーネに呼ばれて見つめられたユリウスは、驚いたように固まっている。

イレーネは彼の胸にそっと手のひらを置く。

「怒ったお顔も素敵……」

上目づかいで薄く笑った。

「な……？」

妖艶《ようえん》な表情を向けられて、ユリウスが呆然としている。

ユリウスは少しだけ背が高いので、見上げるとイレーネの顔のすぐ近くに彼の顔がきていた。

彼の形のいい唇が、自分の唇のすぐ近くにある。

(ど、ど、どうしよう。やるしか……ないわよね)

イレーネは心の中で動揺しながらも、顔には妖艶な笑みを絶やさずに彼を見つめ、少し背筋を伸ばした。

ユリウスの唇に自分の唇を触れさせる。

（きゃあ！）

唇に彼の唇を感じて、心の中で叫ぶ。胸の鼓動も、外に聞こえてしまうのではないかと思うほど強く打っていた。

（つ、次をしなくては）

思い切って彼に自分の唇を押し付ける。

「ん……んん」

（わたし、男の人と口づけをしているわ……）

亡き伯爵は、頬に挨拶のキスをすることはあっても、唇同士はなかった。イレーネにとって、ファーストキスである。

（これが男性の唇……）

柔らかくて温かくて、そして少し濡れていた。初めての感触に対する衝撃《しょうげき》が、胸のドキドキと一緒になってイレーネの頭の中を駆け巡る。

（あ……？）

軽く触れ合ったままのユリウスの唇が、微《かす》かに震えていた。

彼もキスは初めてなのだろうか。そう思うと、少しだけ落ち着いてきた。

(それなら……)

イレーネは少しだけ唇を開くと、舌先で彼の唇を軽くなぞってみる。

びくっと驚いたようにユリウスの身体が揺れた。

(驚いたようね)

やっぱりまだ子どもだわと、心の中で笑いながら唇を離す。

ユリウスの透き通るような青い瞳が、驚きで見開かれたままである。

(なんて綺麗《きれい》なのかしら)

イレーネは思わず彼の瞳を覗き込んだ。

「ふふ、大人のキスに驚いた？」

いたずらっぽい笑顔で問いかける。

すると強がっているのか、ユリウスも笑みを返してきた。

「いや、ちょっと怖かっただけだよ」

ほっとしたように息を吐いている。

「怖い？」

「君が口移しで、毒を飲ませようとしたのではないかと思ってね」

「毒？　そんなことするわけないわ」

突然なにを言い出すのだろう。

(もしかしてわたしのキスに動揺してしまったことを誤魔化《ごまか》すため？)

毒などという嘘の理由をこじつけたのかもしれない。

そう思ったイレーネだったが……。

「うん。そうだった。疑ってごめん。続きをやろう」

イレーネの背中に手を回すと、今度はユリウスの方から口づけてきた。

「んんんっ！」

少し開いたままのイレーネの唇が、噛《か》みつくように彼の唇で覆われる。先ほどよりも強く触れ合うだけでなく、彼の舌がイレーネの唇や歯列をなぞってきた。

(え？　ちょっと……っ！)

歯列を割ってユリウスの舌が侵入してくる。驚いているイレーネの舌が探り当てられ、ぬるりと搦《から》め取られた。

「……ん……うぅ……」

逃げようとしたが、狭い口の中ですぐにユリウスの舌に捕まってしまう。

「ん……んぐ……う」

ユリウスの舌は長く、搦め取られたイレーネの舌が口内で弄《もてあそ》ばれる。二人のだ液が混ざり合う水音が淫猥《いんわい》に耳に届く。

（ああ、なにこれ）

こんなキスがあることすら知らなかった。

淫らすぎるキスから逃れたくても、後頭部をユリウスの手に掴まれていて、顔を動かして逃げることもできない。

ユリウスは初心《うぶ》な少年ではなかった。毒を恐れていた話は本当だったのである。そのことに気づいた時には、彼との淫靡《いんび》な口づけが終わっていた。

ユリウスの形のいい唇が、自分から離れていく。

イレーネの意識は、衝撃で半分ぼうっとしていた。

すると……。

「ふん、清純な乙女のような反応をする。君は聖女のような未亡人なのか」

ユリウスの言葉が聞こえてはっとする。いまの自分は乙女ではなく、経験豊富な未亡人を演じなくてはならなかった。

「ま、満足いただけて、嬉しいわ」

強がりを返したが、衝撃と胸のドキドキが止まらない。

（しっかりしなくては。落ち着かなくては）

心の中で自分に言い聞かせる。

そんなイレーネの顔をユリウスが覗き込む。

「次は？」

「次？」

問われた言葉に首をひねる。

「大人の夜はこんなキスだけではないよね？」

含み笑いを浮かべて質問された。

「も、もちろんよ」

つんっとして横を向く。

（大人のキスの次って……）

心の中では狼狽《ろうばい》していた。

「では早くしてくれ」

期待を込めた目でユリウスから命じられる。

「そ、それは……」

（これ以上するとなったら、あれをするというの？）

イレーネの知識では、かなり淫らな行為になってしまう。ユリウスより年上の未亡人とはいえ、乙女のイレーネが簡単にできることではない。

しかしながら、宮廷で大人の恋に興じる人々にとっては、愛の行為の通過点のようなものだ。

それを拒絶したら、また先ほどのような怒りを買ってしまうだろう。

「どうした？」

ふたたび厳しい声がユリウスから届く。

（ああどうしよう。もたもたしている時間はないわ。わたしはフレイル伯爵家を守らなくてはならないのよ。このくらいの試練を乗り越えられなくて、どうするの？）

イレーネは厳しく自分に問いかける。

（や、やるわ）

笑みを浮かべながら立ち上がると、ドレスの胸元を両側から掴む。

「え？」

少し驚いた表情のユリウスに向かって、ドレスのレースごとぐっと左右に開いた。

これまでのきっちりとした喪服とは違い、今日着けているコルセットは胴の部分しかない。乳房はコルセットの上に乗っている状態なので、簡単に露わになった。

イレーネはそのままユリウスに近づく。

ちょうど彼の目の高さにイレーネの乳房がきていた。

「うっ……！」

ユリウスは小さく呻《うめ》いた。

突然豊満な乳房を目の前に突きつけられ、驚いて固まっている。

（こういうところはまだ慣れていないのね）

形勢逆転とばかりにイレーネは胸を突き出す。恥ずかしい行為とはいえ、自分の乳房は毎日見ている。初めて目にしたユリウスとは慣れ親しみ方が違う。

「女性の胸を見るのは初めて？」

軽く揺らしながら問いかける。

「……あ、ああ……」

頬を染めてうなずいた。ユリウスの視線はイレーネの胸に釘付《くぎづ》けで、圧倒されているのがはっきりとわかる。

「大人なら、触ってもいいのよ」

吐息交じりの声で囁くと、彼の目が更に大きく見開かれた。

（うまくいくかしら？）

心配したイレーネの目に、ユリウスの手がゆっくり持ち上がるのが映る。

イレーネの両乳に、彼の手がおそるおそる添えられた。

（手が……大きい）

顔には少年ぽさを残しているけれど、ユリウスの手は意外に大きく少し節があり大人っぽい。

成人男性の手に乳房が包まれている光景に、イレーネの胸がドキドキする。

（わ、わたしが興奮したらだめじゃない）

ユリウスをリードしなくてはならないのだ。しばらく乳で彼を翻弄したら、続きはもう少し大人になってからねと、焦《じ》らして終わりにするつもりでいる。

乳房を掴んだ手が、やわやわと揉《も》むような動きに変化した。

「はぁ……」

淫らな感触に、つい声が出てしまう。

「感じるの?」

「え、ええ……」

上目づかいで問われ、頬を染めながらうなずいた。

「それはいい」

満足そうな笑みを浮かべると、ユリウスは今度は強弱をつけて乳房を揉み続ける。

(な、なんだか……)

イレーネの中にこれまで経験したことのないもぞもぞとしたくすぐったさと、どうしようもないむず痒《がゆ》さがわき起こってきた。

全身の体温が上がっていくのを感じる。

(どうして?)

自分でも着替えや入浴で持ち上げることはよくあるが、こんなふうに感じたりしない。

「……あ……ん……」

大きな男の手に掴まれているイレーネの乳房。ユリウスの顔を見なければ、自分は大人の男性に胸を揉まれているとしか思えない光景だ。

いや、手だけではない。

（さっきと、顔も違う……）

ユリウスの顔も未経験の少年ではなくなっていた。薄く笑みを浮かべて、楽しそうに乳房を揉む姿には余裕が感じられ、大人の男性そのものである。

「こうしてもいい？」

ユリウスはイレーネに問いかけると同時に、人差し指と親指で乳首を摘まんだ。

「あ、あんっ！」

強い刺激を覚えたイレーネは、声を上げてのけぞる。

「かわいい声だね」

嬉しそうに言うと、指の腹で乳首を擦り合わす。

「ああ、そんなの、あんっ」

イレーネは伝わってきた淫らな感覚に身悶《みもだ》えた。

「色が濃くなってきた。柔らかいのに硬くて、コリコリしている。話には聞いていたけど、女性の乳首は不思議だね」

ユリウスは楽しげに摘まんだ乳首を擦り合わせている。

「はぁ、も、もうそのくらいに……」

彼の肩を掴み、イレーネは首を振った。

(そ、そうよ。ここで止めなくては)

当初の計画ではそうだったのだ。

「んー、もう少し楽しみたいな」

息を乱すイレーネを見上げて、ユリウスが訴えてくる。おねだりするような表情だ。

「でも……」

もうおしまいだと言おうとしたのだが……。

「こんなこともしてみたい」

乳首から指を離すと、ユリウスが唇を近づけてくる。

「え？　何を？　ひあぁっ」

ちゅっと乳首に吸い付かれた。

「あ……やんっ、はぁ、んっ……」

イレーネは熱い快感に襲われて、声を発してのけぞる。脚の力が抜けて、がくっと身体が落ちた。

「おっと」

すばやくユリウスが背中を支えてくれて、倒れずに済む。

「今度は僕が上になろう」

イレーネを長椅子に寝かせると、ユリウスが上から覆《おお》いかぶさってきた。

「今度って？　あ、あんっ」

ふたたび乳首に吸い付かれてしまう。

「ん、あん、そんなに吸っちゃ、やあ、ああぁ」

ユリウスの唇で覆われた乳首は、彼の舌先で突かれたり転がされたりしている。刺激されるたびに淫猥《いんわい》な快感を覚えて、イレーネは長椅子の上であられもなくよがってしまった。

（こ、こんなに感じるなんて……）

慣れ親しんでいたはずの自分の乳房や乳首から、初めて知る快感に翻弄されている。経験のないイレーネはこの感覚に、どう対処していいのかわからない。

いつのまにか主導権はユリウスに渡っていた。

「ここも感じるの？」

乳首以外も吸ったり舐めたりされる。イレーネの肌はユリウスの舌に敏感に反応した。

「あ、あふぅんっ……あっああ」

彼の好きなようにイレーネは身体を弄ばれている。ユリウスの手が胸から離れ、ドレスの裾をまくり始めた。

「……ああ、そこは……っ」

ドロワに手がかかったのを感じてイレーネは焦る。

「ふぅん。下着は大人しいんだね……」

もっと扇情的なのを着けているのかと思ったよと言いながらユリウスはイレーネの腰を上げた。

「あ、だめっ」

止める間もなく、ドロワがするすると下げられる。

「あぁ、脱がされて……やぁぁんっ」

仰向《あおむ》けにされていたため、簡単に抜き取られてしまう。イレーネの下半身はガーターベルトと太腿《ふともも》までの黒レースの靴下だけとなった。

「なんだ。本当は色っぽい下着を着けていたんだ」

呆れたようにユリウスがつぶやいた。

見えない箇所だけれど、悪女を演じるには下着もこういうものにしたほうがいいかなと、黒レースのガーターベルトと靴下を着けてきていたのである。ドロワは色っぽいものの持ち合わせがなかったので、膨らんだいつものを穿《は》いていた。

「や、だめ、見ないで……」

ドレスとパニエで下半身を押さえて隠そうとする。

「なぜだめなんだ？」

不思議そうに質問された。

「だって、恥ずかしい」

真っ赤になってイレーネは答える。

「こんな下着を着けていて恥ずかしいって……嘘つきだな。ああ、僕を誘っているのか。これも大人の駆け引きだね」

ユリウスはイレーネの言葉を信じず、黒レースの靴下を穿いた両膝裏を持ち上げた。

ドロワを脱がされているために、下半身はガーターベルトだけなので、両脚の間に遮《さえぎ》るものは何もない。乙女の秘部が露わになっているはずだ。そのすぐそばにユリウスの顔があり、青い目で秘部を凝視している。

(きゃああ！)

あまりの恥ずかしさに、叫び声さえ出ない。

「へえ、綺麗なものなんだな」

イレーネの秘部を見つめてつぶやいている。ドレスのスカートとパニエに遮られて脚のあたりがよく見えないが、かなり顔を近づけているようだ。

(こんなところを男の人に見られてしまうなんて……)

恥ずかしくてたまらない。

どうしたらこの状況から脱することができるのか、羞恥に苛《さいな》まれながらイレーネが考えていたところ……。

「え？　な、なに？」

ヌルリとした感覚が伝わってきて驚く。

「ひあぁ、な、舐めて？　うそ……あ、あぁん」

乙女の恥ずかしい箇所に、濡れた舌が這《は》わされていた。ユリウスに舐められている。

「やわらかくて温かいね」

嬉しそうな声。

「や……うそっ……」

秘められた場所を舐められていることに、驚愕《きょうがく》と強い羞恥を覚えた。

「あ、ひあんん、そんなとこ、ん、ああ……」

（な、なに？　なんでこんなこと、されるの？）

理解に苦しむ状況に陥《おちい》ってしまっている。しかも、それをしているのは王太子なのだ。

混乱しているイレーネは、更にとんでもない感覚に襲われる。

（……どうして、あそこが……）

敏感な襞《ひだ》を繰り返し舐めなぞられると、下半身から淫らな熱が発生してきた。初心なイレーネにとって、対処に戸惑う淫猥な感覚である。

「はぁ……あぁ、か、感じる、あっ、ふぅぅんっ」

ぴちゃぴちゃと舐められるごとに高まっていく快感に、イレーネの中にあった羞恥が押しやられていく。

そして……。

ちゅっという音とともに小水口の突起が吸われると、これまで以上に強い刺激に襲われた。

「ひあぁんっ！」

叫びながら身体を跳ねさせる。

つま先が天井に向かってぴんっと伸びた。

「ふふ、ここ、感じるんだね」

ユリウスの嬉しそうな声。

続いて何度も突起を吸われた。

「あん、だめ、そこ、感じて、熱い、ああ、いや、恥ずかしい、あああん」

喘《あえ》ぎながら強い刺激を与えてくるユリウスに訴える。

「まるで処女のような恥じらい方だな」

くすくすと笑い声がする。

「は、初めて、です。だからもう……」

やめてほしいとイレーネは正直に訴えた。

「またそんなことを……初めてでこんなに濡れるわけないだろう？」

つうっと会陰部をなぞられる。

ぬるりとした感触がイレーネにもわかった。

（濡れて？）

「そ、そんなこと、ん、や、弄《いじ》っちゃ……」

彼の指先に会陰を何度もなぞられる。指が後孔から前の秘芯までを往復するたびにぬるぬるが強くなり、快感が増えていく。

「ああ、なぜ……ん、は、はぁ……中に、あぁぁ……」

ユリウスの指が秘部の襞を割って、イレーネの蜜壺の中へと入ってきた。異物感と圧迫感と羞恥を同時に覚えたけれど、それ以上に強い快感が覆いかぶさってくる。

「中で締め付けてくるね」

イレーネの蜜壺の中を確かめるように、指を奥まで挿《い》れられた。

「あぁんっ……」

蜜壁を擦られるとぞくぞくする。

「中はもうぐちゃぐちゃだ……」

ユリウスは中の指を軽く出し挿れし、イレーネに聞かせるように水音を発生させた。

「やぁ……言わないで……あ、あぁんっ」

自分の恥ずかしい状態が聞こえてきて、たまらずイレーネは顔を覆った。

「恥ずかしがる顔が可愛かったのに……まあいいや」

残念そうな声と衣擦《きぬず》れの音が聞こえる。

（もう終わりに？）

そう思った矢先、ふわりとした甘い匂いが漂ってきた。

「君が初めてだと言い張るのなら、初めて用の香油を使ってあげるよ」

（初めて用の香油？）

イレーネの膝裏が更に高く持ち上げられた。

そして、ふたたび襞が左右に割られたのだが……。

襞を割って蜜壺に入ってきたのは、ユリウスの指ではなかった。

もっと太くて、もっと熱くて、もっと濡れている。

「ひ、ひぃうっ！」

圧迫と引き攣《つ》るような痛みに、イレーネは悲鳴を上げて首と背中を反らした。

（これって！）

太さと熱さで、ユリウスの男根に犯されていることを悟る。

「へえ。予想外に狭いね。見かけほど遊んでいないの？」

問いかけながら、ユリウスはずぶずぶと蜜壺へ自身を埋めていく。

「あ、あ、痛い……やめて……え」

「演技が上手だね」

イレーネが乙女のフリをしていると思っているようで、ユリウスはお構いなく蜜壺の奥へと自身を進ませてくる。

衝撃とあまりの痛さに、イレーネは顔を歪ませた。

「本当に痛いの？　ふうん、思ったほど遊んでなかったんだ。それならあの香油を塗っておいてよかったね。わが王室秘伝の媚薬《びやく》なんだよ。処女の妃や愛妾と初めて交わる際に使うんだ。ほら、動きがよくなってきただろう？　すぐに良くなるよ」

挿入した熱棒をゆっくりと動かし始める。

「や、やめ、痛い、ああぁ」

イレーネは首を振って拒否した。

「誘惑上手だね。本当の乙女だと信じてしまいそうになる」

ユリウスは腰の動きを止めずに微笑《ほほえ》む。

（ほ、本当なのに……）

首を振りながら心の中で叫んだ。

強い痛みに耐えるため、歯を食いしばる。

（そうよ……我慢すれば……）

初めては誰でも痛い。そしてそれは、相手が子種を吐精することで終わるのだと、以前乳母から教えられていた。

イレーネは長椅子に爪を立てて、襲ってくる痛みを必死に堪える。

「はぁ……」

ユリウスの息遣いが聞こえ、強い痛みと圧迫が断続的に与えられた。

（これは、結婚した時に、伯爵さまとするはずだったことなのだわ……）

それを今しているのだと思い至る。

家を助けるために、年の離れた伯爵と結婚をした。若い女性が好きないやらしい老人に違いないが、それで男爵家が助かるのならと覚悟して嫁いだのである。

だが、伯爵は予想外にいい人だった。イレーネを孫娘のようにかわいがり、これから生きていく上で必要となる様々なことを、優しく教えてくれたのである。

目じりに笑い皺《じわ》が沢山ある伯爵は一緒にいてほっとする人物だった。伯爵と何気ない平和な日々を過ごしていくうち彼がもっと若ければちゃんとした妻になれたのにと思うほど、イレーネは心を寄せてしまった。

なので、伯爵が病で逝《い》ってしまった時は、悲しくてたまらなかった。

悲しみが癒えぬまま女伯爵となり、慣れぬ領地を治める仕事をすることとなる。そのために通わなくてはならない王宮で、欲望に満ちた男たちからの誘惑や謂《いわ》れのない中傷をする女たちの嫉妬に苛《さいな》まれた。

それらから逃れるために、鼻持ちならない悪女な未亡人を演じた結果……。

年下の王太子に初めてを奪われてしまっている。

（まだ恋も知らなかったのに）

自分の境遇を憐《あわ》れみながらイレーネは目を閉じた。滲《にじ》んだ涙が目じりから流れ落ちていく。このまま消えてしまいたいという思いが頭をよぎった。

（はっ……だめよ！）

この弱さが前回のことを招いたのである。

自分はもっと強くなって、フレイル伯爵家を守らなくてはならない。

伯爵は男爵家を助けてくれた上に、未熟なイレーネを思いやり優しくしてくれた。その恩をまだまったく返していない。ここで自分が消えてしまったら、伯爵家も終わってしまう。

（終わらせるわけにはいかないわ！）

こんな束《つか》の間《ま》の痛みになど、負けてなるものか。どんなに辛くても耐え抜こうとイレーネは決心する。

だが……。

「……っ？」

ひどく辛いはずなのに……。

下腹部の奥に奇妙な熱を感じてきた。

「ん？」

ユリウスも変化に気づいたらしい。

「あ……なぜ……？」

痛みではないものが、断続的にやってくる。

「うっ、なんだ、突然……中がうねった?」

怪訝な表情でユリウスがイレーネを見下ろした。

「だ……だめ、あんっ」

熱棒が蜜壺の奥を突くと、熱を孕《はら》んだ快感がわき起こる。同時に蜜壺の中がきゅうっと収縮した。

「ああ、だめだ、そんなふうに、締めないでくれ」

ユリウスが辛そうな表情で訴えた。

「でも、お、奥を突かれると、もう、ああ、か、感じて……」

(わたし感じている?)

自分の発した言葉ではっとする。

先ほどまでは痛みしかなかったのに、今は熱い官能を同時に感じているのだ。しかも、奥を突かれれば突かれるほど、快感の方が勝っていく。

「僕も感じるよ。うう、すごい、締め付けが……君の誘惑はなんてすごいんだ」

感嘆の声が聞こえる。

「や、ん、止めないで」

(誘惑なんて、もうしてないわ)

「うん……止めないけど……保《も》たないかも」

（保たない？）

意味がわからなかったけれど、ユリウスの腰使いが速くなったために、強い刺激でイレーネはそれどころではなくなっている。

「あ、あ、どうしよう、あんっ」

彼の両腕を掴み、あられもなく喘いでいた。

熱棒が蜜壺へ突き挿れられるたびに快感が積み重なり、鼓動が頭の中に鳴り響く。

これ以上感じたらおかしくなってしまうと思った瞬間。

「いくよっ！」

ユリウスに強く抱きしめられた。

ぐっと腰を入れた彼の先端から飛び出た熱い飛沫《しぶき》が、蜜壺に広がっていく。

「ひあぁっ……っ」

灼《や》けそうな刺激に全身が痙攣《けいれん》する。

（す……すご……い……）

イレーネは初めての交わりで、官能の頂点を越したのだった。

「なんだこれは？」

イレーネから離れたユリウスは、自身についている赤い印を見て声を上げた。その声に、絶頂を極めてぼうっとしていたイレーネは覚醒する。

「あ……」

顔を上げたイレーネは、そこを見て顔を赤らめた。

彼についているのは破瓜《はか》の血である。

初めて男性と交わった証拠だ。

（恥ずかしい……！）

痛みとひどい怠《だる》さに襲われていたが、イレーネは身体を起こすと必死にドレスの裾を直す。

「君は……」

イレーネの目尻に涙の痕を発見し、ユリウスは驚いている。

「……本当に、初めてだったのか？」

問いかけにイレーネは無言でうなずく。

「未亡人だろ？　夫がいたのに？」

ユリウスは慌てて身支度を整えると床にひざまずき、長椅子に座ってうつむくイレーネの顔を覗き込んだ。

「相手の方は、ご高齢でしたので……」

唇を噛みしめる。

もう悪女のフリなどできない。

「そんなに年寄りの爺《じい》さんと結婚したのか。では経験豊富だという態度は、本当に嘘だったということか？」

「ごめんなさい」

イレーネは顔を歪ませて頭を下げた。

「なぜ謝る？　信じなかったのは僕の方だ」

「でも、初めに騙したのはわたしです」

「なぜそんな嘘をついたんだ？」

「こ……恋人を、作りたくなくて……」

また信じてもらえないかもしれないが、もう嘘をつく気力はなかった。

「それは先ほども聞いたが、どうしてだ？」

「夫を亡くしてまだ半年です。今は、伯爵さまから譲り受けた爵位と領地を守り、喪に服すことで精いっぱいで、他の男性と恋なんてできません。でも、それをわかってもらえなくて……」

多くの男性から求愛をされてしまい困っていると訴える。

「なるほどね」

「それだけでなく、殿方を独占しようとしていると他の女性たちからも責められてしまい、王宮にいることがとても辛いのです」

イレーネは顔を歪ませた。

「それなら王宮に来なければいいのではないか」

「女伯爵としてフレイル家の運営と領地を治める為に来なくてはなりません」

眉間に皺《しわ》を寄せて答える。

「そういえば君は女伯爵だったな……だから伯爵家の運営を……え？」

ユリウスは驚いて一瞬動きを止めた。

「フレイル？　君はフレイル伯爵の妻？」

驚愕の表情のままイレーネに問いかける。

「ええ。始めに自己紹介をしたと思いますが」

大広間ではっきりと告げている。

「聞き逃していたようだ……」

呆然とつぶやいた。

あの場はざわついていたので、聞き取れなかったのかもしれない。

「それにこの半年間は、上級貴族院会議にて毎月殿下にお会いしております」

ただしイレーネはなりたての女伯爵なので、後方の末席にいる。国王と檀上の席にいるユリウスとはかなり離れていた。

「君のことは、綺麗な女性が末席に加わったなと思っていたけれど、それが誰なのかは確認していなかった。あの場は苦手で、あまり周りと話をしたくなくてね……」

嫌そうな表情で告げられる。

(わたしのことを綺麗だと思ってくださっていたの？)

いつもうつむいていたユリウスが自分のことをそんな風に思ってくれていたことに、驚きだけでなく嬉しさのようなものも覚える。

「でも、そうか、君がフレイル伯爵の……」

ユリウスは感慨深げにイレーネを見つめた。

「伯爵を憶《おぼ》えておいでですか」

「もちろんだよ……彼は三年ほど前まで、宮廷教師として僕に様々なことを教えてくれていたんだ」

「そうなのですか」

伯爵は知識が豊富で有能であったため王宮で仕事をしていた。王太子の教育に携わっていてもおかしくはない。

「結婚することは伯爵から聞いていたよ」

伯爵とイレーネが婚約したのは三年前だったので、ちょうどユリウスの教師をしていたのだろう。

「初めて妻にしたいと思える女性を見つけたと嬉しそうだったな……綺麗で芯が強くて、賢《かしこ》くて素敵だとのろけられた」

（まあ、伯爵がわたしのことをユリウスさまに……）

しかもそんな風に想ってくれていたことを初めて知った。

「そうか。伯爵が他界して半年か……。そして残された君という妻を、僕は知らずに抱いてしまったわけだ……」

ばつが悪そうにユリウスがつぶやく。

「わたしが殿方の求愛から逃れるために嘘をついたせいです」

すみませんと謝罪した。

「嘘は良くないけれど、君は迫られて困っていたのだから、仕方がないよ」

「ええ……」

「その嘘だけはしばらく続けていたらどうかな」

「続ける？」

突然の提案にぽかんとしてユリウスを見上げる。真面目な顔をしていたので、冗談ではなさそうだ。

「君が僕の恋人であれば、他の者が手出しをしてこないのだろう？」

「……おそらくは」

恋愛は貴族の嗜《たしな》みとはいえ、王太子の恋人を奪おうとする者はいないと思う。

「僕はフレイル伯爵に恩がある。その残された妻を助けるのは、恩返しになるからね」

「ありがとうございます。でもいいのでしょうか」

自分の都合のために王太子を巻き込むのは心苦しい。

「王太子になってからというもの、父上や宰相たちから妃か愛妾を娶れとうるさく言われている。僕もしばらくそういうのは遠慮したいので、君が恋人になってくれたら助かる」

「お互いの利益のためにですか？」

イレーネのためだけではないようだ。

「もちろんそれなりの報酬は出す。宝石やドレスなどを贈るし、皆が僕の恋人だとわかるように王宮での待遇も厚くしよう。どうかな？」

少し大きな声で提案される。

「わたしは愛妾になるのですか？」

「まあ、そういうことだな」

きっぱりとユリウスが肯定した。

「でも、いずれお妃さまを貰《もら》われる際に、相手の方がいやな気分にならないかしら……」

伯爵と結婚する時、歳は離れていたけれど相手も初婚ということだったのでほっとしたことを覚えている。将来ユリウスの妃になる女性も、結婚する前から相手に愛妾がいたら面白くないのではないだろうか。

「結婚に備えた準備ということにすればいい。経験豊富な年上の女性に手ほどきを受けて、来《きた》るべき結婚の日に備えることは王族ではよくあるからね」

気にしなくていいという。

王族は政略結婚が基本なので、それまでは年上の女性から手ほどきを受けたり愛妾を持ったりするのは珍しくない。それを気にするような妃は娶らないということらしい。

「わたし、経験豊富ではありません」

そもそも、今日が初めてなのだ。

「そこは演技でなんとかなるだろう。僕が年上の未亡人に翻弄されていても、誰も不思議には思わない」

「そんなに上手《うま》くいくかしら」

「僕に任せてくれ」

自信たっぷりに胸を張り、笑っている。

(これが本当のユリウスさま？)

頼りない陰気な王太子という雰囲気はどこにもない。明るく快活で、ぐいぐい人を引っ張っていく支配者のようである。

イレーネはそんなユリウスに、心が揺さぶられるのを感じた。きっとイレーネだけではなく、彼の凛々《りり》しさに触れたら誰もが惹きつけられるだろう。

「殿下はなぜいつもはうつむいて、笑うことがないのですか」

疑問に思って質問する。

いつもこんなふうに笑っていたら、陰気だ、性格が悪い、頼りない、次の王があれでは不安だなどと、王宮内外から言われることもないと思う。

「僕も君と同じで、本当の自分を見せられない事情があるんだ」

それまでの笑顔を消し、ユリウスはとても冷たい目をして答えた。どうしてなのか問うことも憚《はばか》られるような厳しい表情である。

第四章　いつわりの恋人関係

「ねえ、知ってる？　王太子殿下と女伯爵の話」

「あの未亡人が王太子殿下の恋人になった件なら、もう知れ渡っているわよ」

王宮の宴では、ユリウスとイレーネの噂でもちきりとなった。

「あの女伯爵が、近づいてきた殿方のどなたにも決めずにずっと喪服を着続けていたのは、殿下を狙っていたからなのね」

宮廷画家を夫に持つダービット夫人が納得顔でうなずく。

「まだ大人になり切れていない殿下に手を出すとは、呆れたこと」

ヤレス公爵夫人のミランダが軽蔑の表情を浮かべて首を振る。

「ではまだ殿下は、大人になっていないのですか」

声を潜めてダービット夫人が問いかけた。

「それがね。控の間の廊下にいた衛兵が聞いていたところによると、あの日しっかりユリウス殿下を大人にしたそうよ」

「んまあ、すごいわね。あの陰気で幼い殿下をやる気にさせて童貞を奪《うば》うなんて……」

目を丸くして驚く。

「それだけじゃなくてよ。ドレスや宝石を好きなだけ与えると約束もさせたとか」

「ええ？　本当ですか？」

その場にいた全員が口をあんぐり開けた。

「王太子の間のことはわからないけれど、大広間の控え室についてなら懇意の衛兵たちから入るから、この情報は確実よ」

ミランダが得意げに答える。

「わたくしも聞いたわ。凄《すご》かったのですってよ。胸を押し付けて身体でぐいぐい迫って、殿下を骨抜きにしたとか」

子爵夫人が口を挟む。

「あの未亡人、清純そうな振りをして殿下をまんまと誑《たら》し込んだのよ」

ミランダと子爵夫人がうなずき合う。

「亡き夫の喪に服していたいとか、やっぱり嘘っぱちじゃない」

ダービット夫人が呆《あき》れ顔《がお》で両手のひらを上に向けた。

「だってあの方、死にそうな老人を骨抜きにして女伯爵に収まったのよ。喪服姿で清純そうにして、殿方を集め続けていたじゃない。ああやって、身体で何でも手に入れる悪女が本性だったたってことよ」

嫌味たっぷりな口調でミランダが声高に言う。

「言われてみればそうね。恐ろしいあばずれ女だわあ」

ダービット夫人の辛辣《しんらつ》な意見に、周りにいた貴族の女たちも同調して笑っている。

彼女らの会話や笑い声は、大広間に入ろうとしたイレーネの耳にも届いていた。

（わたしはあばずれなんかじゃないわ）

しかし、それを言うわけにはいかない。

そう仕向けたのは自分だし、そうでないとまた男たちにしつこく言い寄られ、女たちの嫉妬に満ちた攻撃に苛まれる。

「あの陰気で歪んだ殿下のお相手なら、ちょうどいいのよ」

「年上の未亡人じゃ王太子妃にはなれないし、王太子の恋人って聞こえはいいけど、あの陰気な子どもの相手でしょう？」

「いずれ殿下が正式に妃を娶られたら、すぐに切り捨てられるんじゃない？」

「使い捨てよねえ」

耳を塞ぎたくなるような話が次々と聞こえてきた。

（そんなのわかっているわ！）

心の中で叫ぶ。

逃げ出すこともできず、強張った表情でイレーネは大広間に足を踏み入れた。すると、ちょうど王族の出入り口からユリウスが大広間に入ってくるのが目に入る。

うつむきながら壇上を歩いていた。前髪が目を覆い隠し、これまでと変わらずおどおどしている。大広間には目を向けず、まだ登場していない王の椅子の後ろに立った。

「大人になったにしては変わりがないわね」

ダービット夫人がつまらなそうにつぶやく。

「あの頼りなさは天性のものなんでしょ。一度や二度で変わるものではないわ」

嘲笑を浮かべながらミランダが答えた。

「ですよねえ。なぜあの方が王太子になられたのでしょう。年齢も人物もヤレス公爵さまが適任ではないかと、わたくしはいつも思いますわあ」

ダービット夫人が周りに聞こえるような声で主張する。

「あらだめよ、そんなことを言ってはだめ。そういう争いの種にならないために、夫は臣に下ったのですもの」

手をヒラヒラさせてミランダが否定した。

「そうですけれど、お母上さまが王妃でなかっただけで王太子になる資格がないなんて、わたくしには納得できませんわ。それに、ヤレス公爵さまのお母上さまは、上級貴族のご出身でございましょう?」

出身は申し分ないのにと口を尖らせる。

「しかたがないわ。陛下と隣国の王女との結婚は、国家的な政略だったのですもの。国同士の平和を守るために、王妃として迎えなくてはならなかったのよ」

その王妃の子を後継ぎにしなければ、結婚自体に意味がなくなってしまう。先に愛妾からヤレスが生まれていたけれど、九年後に王妃が生んだユリウスが優先されたのだ。

「せっかくの政略結婚でも、王妃はもうお亡くなりになってしまわれた。あの殿下をお産みにならなければ、ヤレスさまが王太子になられたのに……」

「だからそれは禁句よ」

ミランダがしいっと人差し指を唇に当てた。

妾腹《しょうふく》であるヤレス公爵が世継ぎになればという話は、昔からあちこちで囁かれている。もし国王が正妃を娶らず他に後継ぎの王子がいなければ、王太子になるのはヤレスしかいないのでどうしてもそう思われてしまう。

「それなら……もしユリウス王太子とあの未亡人との間に男児が生まれて、他に王子がいなければその子が世継ぎになるの？」

なんだか嫌だわとダービット夫人が眉間にしわを寄せる。

「それはどうかしらね」

ミランダが含み笑いをしてユリウスの方を見た。

「ありえないでしょう。今は女伯爵とはいえ没落男爵家のご出身よ、上級貴族院会議で承認されないわ。あの方の子を世継ぎにするのなら、国王陛下と上級貴族の母親を持つヤレス公爵を王族に戻すはずよ」

近くにいた貴族の女性がダービット夫人に説明する。

「それはそうよねえ。」

ダービット夫人と他の女性は大きくうなずき、ミランダは当然よという表情で笑った。

(好きに噂すればいいわ)

イレーネはうんざりしながら聞き流し、檀上に向かって歩き出す。もし自分にユリウスとの間に子が生まれても、世継ぎになれないことくらいわかっている。イレーネはその子を伯爵家の後継ぎにするし、ユリウスも同じように考えるだろう。

「あら、噂をすれば」

彼女たちの近くを通ったイレーネに注目が集まる。

「今日のドレスも扇情的ね」

胸の開いた黒いドレス姿をジロジロとみられた。

「壇上に向かっているわよ。もう恋人気取り？」

「ただの愛妾なのにね」

聞こえよがしの嫌味が投げつけられる。

イレーネが構わずに歩き続けていると……。

「あなたはレディ・イレーネ？」

途中で呼び止められた。レディ・イレーネとは、女伯爵の呼称だ。

「そうですが、何か？」

振り向くと見たことのない男性が立っている。

（誰？）

黒髪の中年で背が高く、軍服を纏《まと》っていた。びしっとした姿勢と威圧感を持っており、どこかの将校と思われる。

「ユリウス殿下の恋人になったと聞きました。本当ですか？」

首をかしげて顔を覗き込まれる。顔に薄く笑みを浮かべていて、大人の余裕という雰囲気と押しの強さを感じた。

「見ず知らずのあなたに答えなくてはならないのかしら？」

自己紹介もしない男性のなれなれしさに胡散臭《うさんくさ》いものを感じ、つんとして言い返す。

「これは失礼。私はデリク・ジョサイアと申します。王軍の参謀補佐を務めております」

胸に手を当てて頭を下げた。

「王軍の？」

参謀というのは王軍の高等指揮官で、通常は副総帥が務めている。その補佐をするというのはかなり有能ということだ。

女伯爵になってから王国内のことは色々と知るようになったが、軍事関係はさっぱりだ。イレーネには馴染《なじ》みのない種類の人物である。

「軍隊の方がどうしてそのようなことを聞いてくるのかしら」

怪訝な目でデリク・ジョサイアを見上げた。知らない男性と話すのは苦手で内心はびくびくしているが、今この大広間での自分は悪役的な女伯爵でいなければならない。

イレーネは相手を見下すような傲慢な表情を維持する。

「私は殿下のお母上と同じ国の出身なのですよ。お輿入《こしい》れの際に、従者兼護衛としてこの国に参りました。殿下とは、お生まれになった頃からの付き合いです。まあ、最近は嫌われておりますが……」

苦笑しながら答えてきた。

「なぜ嫌われているの？」

亡き王妃と同じ国の軍人であれば、それなりに密な関係なのではないだろうか。

「この国で出世するには、ユリウス殿下とは距離をおく必要があるのです。なにしろ王軍の副総帥は、異母兄のヤレス公爵さまですからね」

王軍の総帥は国王や王太子だがほとんどお飾りで、ヤレス公爵が務める副総帥が実質的な総帥となっていた。彼に認められなければ王軍での出世は叶《かな》わない。

それで王太子を見限ってヤレス公爵側についたことで、ユリウスとの関係が悪くなったということらしい。

イレーネを呼び止めたのは、現在の主であるヤレス公爵に報告するために、ユリウスとの関係を確認したかったようだ。

（ようするにこの軍人は、ユリウスさまを裏切ったのね）

出世のために亡き主の息子を切り捨てるとは、不誠実な男だ。しかし、ここで無駄に敵を作るのは得策ではないと考える。

イレーネは笑みを浮かべてデリク・ジョサイアの方に向き直った。

「わたしがユリウス殿下の恋人なのは本当よ。でも、強い軍人さんも嫌いじゃないわ」

デリク・ジョサイアに向かって顔を近づける。

「えっ？」

突然艶っぽい目で見つめられ、デリク・ジョサイアは頬を染めて固まった。

「いつか補佐が取れて参謀に出世なさったら、またお話ししましょうね」

「私が参謀になったら？」

それはヤレス公爵が総帥にならなくては難しい。総帥になるということは、国王か王太子になることを示している
「わたしは身分の高い方が好きなのよ、ユリウス殿下のようにね。では急ぎますので失礼」

彼に背を向けると、壇上に向かって歩き出す。

(なんて人なのかしら)

ユリウスは幼いころから自分を中傷する噂を耳にしていた。その上味方から裏切られたら、暗い性格になるのも無理はない。

(でも、暗いのは見かけだけなのよね)

イレーネだけが知るユリウスは、明るい策略家だ。

同じように、イレーネの本当の姿を知るのも、ユリウスだけである。

イレーネが檀上に登ろうとしたところ、宰相と衛兵が立ちはだかった。

「どちらへ？　ここから先は王族のみの領域ですぞ」

口ひげを生やした宰相から、咎《とが》めるような目を向けられる。

「わたしがユリウス殿下の恋人だと知っているわよね？」

問いかけながら睨《にら》み返《かえ》す。

「そ、それはまあ、存じておりますが」

「殿下に呼ばれたからここに来たのよ。文句があるなら殿下に言ってちょうだい」

どいてくれとばかりに、宰相と護衛の間を突き進む。

(わたしってなんて嫌な女なのかしら)

これもユリウスから命じられているのだ。王太子を誘惑するような恋人なのだから、他の者に侮《あなど》られるような態度を取ってはいけないと。

イレーネはずかずかと檀上を歩き、国王の椅子の後ろにいるユリウスのそばまで行く。

「あ、イレーネ……」

ユリウスがおどおどしながらこちらを見た。

「殿下、遅くなってごめんなさいね。お待たせ。さあ、行きましょう」

ユリウスの腕を掴み、歩き出そうとする。

「いや、まだ父上が、国王陛下のお言葉を聞かないと……」

おどおどしながらユリウスが訴えた。

「待っていたら遅くなるわ。それに殿下がここにいなくても、別にいいのでしょう？」

ユリウスが宴を欠席することはよくあることなので、いなくてもいいというのは本当のことである。

「それは、そうだけど……」

困惑の表情で揃ったまつげを持つ目を伏せた。いかにも優柔不断で、気の弱い王太子という風情である。

「ね、行きましょうよ。お庭の噴水のところで、いいことをしてあげるわよ」

イレーネが聞こえよがしに囁くと、ユリウスの青白い頬に赤味《あかみ》が差す。

「イ、イレーネ……」

期待に満ちた目を向けられた。

「わたしと、したいでしょう？」

艶っぽい目で問いかける。

「う、うん」

耳まで赤くしてユリウスがうなずいた。

「お外ですると、気持ちいいのよ」

イレーネの言葉に周りがざわつく。

「で、でもまだ、あ、明るいよ？」

今日はお茶会などもしていたので、まだ夕刻になっていなかった。

夜の宴で庭の暗がりでいたすのと、明るい庭でするのとでは、状況がかなり違う。恋愛事情に緩い宮廷とはいえ、明るいうちの行為はかなり大胆と言える。

「見えたほうが興奮するでしょ？」

（ああ、なんてはしたない言葉なの）

心の中は羞恥で震えているが、ユリウスから命じられた通りに言えたことにほっとした。

ユリウスを引っ張りながら、宰相や護衛たちの前を通り過ぎる。二人のやりとりが聞こえていた彼らも、ユリウス同様に顔を赤らめていた。

（予定通りにできたわ）

『こ、こんなところで、本当にするのですか』

イレーネは小声でユリウスに問いかける。

ユリウスは噴水の前にある大理石の椅子に座っていた。イレーネは彼の太腿をまたいで、向かい合わせに腰を下ろしている。

「そうだよ……ああ、イレーネ、こんなところで胸を出したらいけないよ」

小声で肯定したあと、ユリウスは大きな声でとんでもない言葉を発して、イレーネのドレスの襟に手をかけた。

(えっ？)

『ほら、僕の言うことに合わせて。教えた通りに言わないと！』

耳元で囁きながら喪服のドレスの襟を左右に広げた。イレーネの豊満な乳房がユリウスの目の前に飛び出る。

この噴水付近は王族が優先的に使う場所なので、護衛も遠巻きにしているから近くに人がくることはない。声と二人の動く影が、離れている人々まで伝わる程度だ。だが、それでもイレーネは強い羞恥を感じる。

ユリウスから指導されていた通りに、イレーネは自分の乳房を左右の手で持ち上げた。

（ああ、恥ずかしい……）

離れたところからだと、悪女な未亡人が豊満な自分の乳房を見せつけ、誘惑しているようにしか見えない。

「ほ、ほら、殿下はこれが好きでしょう」

大きめの声で言うと胸を突き出し、乳房でユリウスの頬を両側から挟み込んだ。

（なんてはしたない行為なの）

羞恥で卒倒しそうになる。

困惑するイレーネをよそにユリウスはニコニコしていた。

「ん……好きだよ。イレーネの柔らかいおっぱいが、すごく好きだ」

乳房に挟まれた顔をうっとりとさせて言うと、次の行為に移れと目配せをしてくる。

（やっぱり、あれをするのね……）

「で、では、こんなふうにマッサージをしましょうか」

ユリウスの両頬を挟んだ乳房を、ゆっくりと動かした。

（外でこんなことをするなんて……どうしましょう）

恥ずかしすぎておかしくなりそうだ。

けれども、まだこれは序の口なのである。このあとここでユリウスをさらに誘惑し、いやらしいことをたっぷりとしなくてはならない。

遠巻きだが二人の関係は注目されている。見えなくとも気配を悟られていると思うとたまらない。

「ああイレーネ、すごく気持ちいい」

顔を乳房で揉まれたユリウスが嬉しそうな声を上げる。

「し……しゃぶっても、いいのよ」

真っ赤になりながらも、悪女のような口調で誘う。

「いいの？　はあ、なんて素敵なんだ」

ユリウスが乳房にむしゃぶりついた。乳首を唇で覆われ、官能の刺激が伝わってくる。

「は、はふぅんっ」

吸われたり舌先で転がされたりして、イレーネはたまらず声を上げて喘いだ。

『次はもっと大きな声でね』

乳房を愛撫《あいぶ》しながらユリウスが指令を飛ばしてくる。

「も、もっと、他も舐めていいのよ」

がんばって声を出したが、初めの方は震えてしまった。離れたところにいる者には興奮して震えたように聞こえて、淫らな要求をする破廉恥《はれんち》な未亡人にしか見えないだろう。

「うん。イレーネの肌、どこも美味《おい》しい」

首筋や鎖骨、乳房の下やわき腹などに舌を這わせてきた。イレーネのドレスの上はほとんどはだけてしまい、上半身は裸にされている。

「し……下も、触っていいのよ」

さらに恥ずかしい要求をユリウスに告げる。彼を跨《また》いでいるためにドレスの裾が捲《まく》り上がっていて、黒い靴下とガーターベルトが見えていた。

「下？　このかわいらしいお尻やこのあたりも、触っていいの？」

イレーネの腰から下を撫でまわす。

（そんなところ、外でなんて、だめなのに）

「い、いいわよ」

心とは違う言葉を口にした。

「ああっ！　な、中にまで！」

まるでイレーネから強引に導かれたかのような言い方で、ユリウスはドレスの中へ手を差し込む。

「そ、そうよ、もっと、直接触っても、いいのよ」

事前に教え込まれたとんでもない内容を、真っ赤になりながら告げた。

『ふふっ』

ユリウスが小声で笑い声を漏らす。

見ると、かわいらしい言葉とは裏腹な、笑みを含んだ策略家の顔がそこにあった。イレーネにだけ見せるユリウスの本当の顔だ。

青い目が光って、ぞくっとするような大人の魅力を孕んでいる。

「あ、イレーネ、どうして腰を上げるの？」

言いながら、ユリウスがイレーネを中腰で立たせていた。

（きゃあ……）

下着のドロワをするりと太腿まで下げられ、心の中で悲鳴を上げる。

「ほ、ほら、こうすれば、直接、さ、触れるでしょう？」

あまりの恥ずかしさに言葉が震えた。ドレスとパニエがまくり上げられているため、ドロワを下ろされたら乙女の秘部が丸出しである。

「こ、こんなところで？」

むき出しになったイレーネの尻を、ユリウスの手のひらが撫でまわした。

「ここで、するのよ」

（だめよ、こんなところで）

もうやめてと小声で言おうとしたのだが……。

「あ、イレーネ、僕の手をお尻に、わ、すごい。ここ、ヌルヌルしているよ」

ユリウスの指先が乙女の秘部を弄り始めた。

「はふっ」

割れ目を淫猥になぞられ、与えられた刺激に反応してしまう。

「はぁ、はぁ、そこ、もっと撫でて……」

淫猥な快感に引き込まれた。すでに乳房の愛撫で官能が高められていたため、秘部への刺激に抗《あらが》えない。

「ここ？　こうするの？」

淫唇に蜜を塗り付け、指の腹で丹念に擦られた。

「ええ……そうよ、あんっ、ああ、いいわ」

イレーネの羞恥が官能に押し流される。

「ん、な、中にも……挿《い》れるの……よ」

はしたない指令をユリウスに出す。

「こ、ここ？　ここに挿れるの？」

ユリウスは小水口の秘芯を弄りながらイレーネに問いかけた。

「くっ、あ、そこは、違うわ」

首を振って否定する。

「違うの？　コリコリに硬くなっているよ？」

秘芯を摘まんで捩《ねじ》られた。

「ひあぁん！」

ビリビリするような強い刺激が伝わり、ユリウスの腿の上で悶《もだ》える。

「か、感じるけど、も、もっと、奥よ」

わかっているくせにと、喘ぎながらユリウスを睨む。

「ご、ごめんなさい。イレーネ。僕、慣れてないからよくわからなくて……。あの、ここなら、いいのかな？」

白々しく謝ると秘芯から指を離し、奥にある蜜壺の入り口に指を忍ばせる。

「い、いいわ」

ユリウスの指先が淫唇の襞を割ると、トロリと蜜が滴った。

「すごい。ヌルヌルだ」

驚きの声を上げながらイレーネの蜜壺に指を挿入する。

「はぁぁぁ……っ」

気持ちよさにユリウスの上でイレーネはのけぞった。

「すごい。僕の指をどんどん呑《の》み込《こ》んでいくよ」

無邪気な言葉でユリウスは指を進めてくる。

くちゅっくちゅっという水音が、ユリウスの指の抽送に合わせて聞こえてきた。

「お、奥まで……挿れるの……よ、あああ」

（もうそれ以上挿れては、だめよ）

心の中では止めるけれど、現実は進んでいく。

「もっとたくさん挿れてみるね」

指が増やされ、蜜壺の中で動く。

「ああ……んんっ」

蜜壺の中にある感じる場所をなぞられ、大きく悶えた。

「そこは、やぁん。あんっ。だめ、感じる、ああんっ」

イレーネは全身を震わせる。

「ああイレーネ、なんて色っぽいんだ」

ユリウスのこの言葉は真面目な顔で言われた。彼の本心から出たらしい。

『僕のも弄《いじ》ってくれよ』

小声だけれど男っぽい低い声で頼まれた。少し切羽詰まった彼の口調にイレーネの背中がぞくぞくする。

「で、ではわたしも、ユリウスさまのを、可愛がって、あげるわ……」

イレーネの言葉とともに、ユリウスが下衣から男根を取り出す。

二人の間にそそり立つそれは、立派に勃起していた。

（大きい）

驚きながら凝視しているイレーネの手首を掴むと、ユリウスはそこへ誘導した。

『練習通りだよ』

ちゃんとやるようにと囁かれる。

「で、殿下のこれ、か、可愛らしいわ」

言いながら彼の竿《さお》を掴んだ。手のひらからユリウスの体温と、ドクンドクンという脈動を感じる。

「うっ……可愛くなんか、ないよお」

掴まれて感じたのか、ユリウスが呻きながら首を振った。

（ええ、可愛くなんかないわ。立派よ……）

イレーネの手の中にあるそれは、上を向いて勃起している。

他の男性のことは知らないけれど、イレーネの手いっぱいにあるユリウスの男根は大きい部類に入るのではないかと思う。

「殿下のこれ、手の中でぴくぴくしているわ」

イレーネは竿を扱《しご》きながら感嘆の言葉を発した。

「ね、イレーネ、そんなに扱いたら、出ちゃうよ」

「あらだめよ。出すのはもっとあとよ。我慢して」

半分本気で言うと、手の中の竿を淫猥に扱く。

『……意地悪だね』

ニヤリと笑うと、イレーネの蜜壺に挿れている指を増やされた。しかも、断続的な抽送をしながら、感じる秘芯や後孔まで刺激してくる。

「ひ、う、ううっ……」

強い刺激にのけぞった。

どうやらイレーネに勝ち目はないようだ。

『そろそろ挿れさせてよ』

という命令口調のお願いを、即座に承諾してしまうほど感じてしまっている。とはいえ、快感に溺れているだけでは許されない。

「さ、さあ、かわいい殿下を、挿れてあげるわね」

主導権を握っている悪女風に言わなくてはいけないのだ。

「イレーネ、こ、こんなところで、するの？　だ、だめだよこんな」

言いながらユリウスは、イレーネの腰を両手で掴んで持ち上げた。

「こんなところだから、いい……のよ、ひっ」

淫唇に男根の竿先を当てられて慄《おのの》く。

腰を掴んでいるユリウスの手が緩むと、竿先がイレーネの淫唇の襞を割った。

「で、殿下も……燃える、でしょう？　ああ、ひっ」

下から突き刺さるように侵入してきた熱い剛棒に、イレーネはあられもなく喘ぐ。

（すごく奥まで……）

　蜜壺の最奥までユリウスの男根が突き刺さっている。

「くっ……すごい。イレーネ、中が僕を締め付けているよ」

「だって……殿下が、かわいいのですもの」

　イレーネは答えながらも、かわいくなんかないと真逆のことを頭の中で返す。ユリウスは男っぽくて狡猾《こうかつ》で、そしてひどく色っぽい。

『もっと腰を使って……』

　膝立ちで腰を上下に動かせと命じられた。

『そんな……む、無理』

　腰骨のあたりから淫らな熱が発生してきて、感じすぎて力が入らないと小声で訴える。

『しょうがないなあ。まあ、そういうところもかわいいんだけど……』

　苦笑を返された。

『……ごめんなさい』

『かわいい声が出ないように口を塞いでいるんだよ』

　笑みを浮かべたユリウスが、イレーネにウインクをする。

『はい……』

　ドキドキしながらイレーネは手で自分の口を塞ぐ。

いくよ、と目配せをされたあと、ユリウスが下から腰を突き上げてきた。

(ひっ、なにこれ)

ずんっずんっとイレーネの蜜壺が押し上げられる。

(すごい、すごすぎるわ)

戸惑うほどの快感がもたらされた。

「ひゃあ、イレーネ、僕の上で跳ねないで、ああ、だめだよ、お、おかしくなるほど、感じるっ！」

ユリウスの情けない声が響く。

実際イレーネを跳ねさせているのは、ユリウスの突き上げである。

(ほ、ほんとうに、おかしくなりそう)

突き上げる激しさと連動するかのように、激しい快感が運ばれてきた。

口を手で塞いでいなければ、イレーネのあられもない嬌声《きょうせい》が響き渡っていただろう。

「え？　なに？　イレーネ、ここも、しゃぶるの？」

という言葉が聞こえて視線を落とすと、ユリウスの目の前で揺れているイレーネの乳房に、彼の唇が近づいている。

突き上げを止めずに、ユリウスはイレーネの乳房をぱくっと口に含んだ。

「んぐぐっ！」

新たな刺激に目の前が真っ赤になる。

（やん、そこも、感じ……る）

甘噛みされた乳首が熱い。

蜜壺の中では快感の熱がとぐろを巻いている。

（ああ……身体中が熱い……）

突き上げに合わせて、頭の中に鼓動が鳴り響く。

「イレーネ、イレーネ、もう、我慢できない」

ユリウスの言葉に、それはわたしだと言いたいと頭の中で返す。

「や、も、だめえ」

口を塞ぐ手を外し、イレーネは喘ぎながら首を振った。

『僕もだよ。よくがんばったね、いい子だ』

イレーネに囁くと、唇を重ねてきた。

背中に回された手がイレーネを強く抱きしめる。

「ん……ぐぐ……う」

突き上げの間隔が狭まり、イレーネの嬌声がユリウスの口腔《こうこう》に呑み込まれていく。

（も……だめ）

堪えられないほどの熱がイレーネの全身を痺《しび》れさせせる。

「……っ！」

イレーネの蜜壺に、ユリウスの熱い精が吹き付けられた。官能の頂点を越えてしまったイレーネの目の前が真っ白になる。

「はぁ……いい……」

残滓《ざんし》を放出するユリウスも、うっとりとした表情を浮かべていた。

(わたし……なんて、はしたないの。こんなところで、達《い》ってしまうなんて)

罪悪感を覚えるけれど、ユリウスの誘いを断れない。恥ずかしいのに従ってしまい、甘くいやらしい快感に溺《おぼ》れてしまう。

毎回上級貴族院会議のあとは、場所を変えて体位を変えて、ユリウスとの淫らな関係を皆に見せつけた。

ユリウスは回を重ねるごとにイレーネを感じさせるのが上手になっていく。イレーネは彼と交わるごとに感度が上がった。

淫らで熱い快感の沼に、どんどん引きずり込まれていく。

第五章　口づけと毒薬

イレーネはユリウス王太子の恋人として、王宮内では誰もが認める存在となった。

「まあ、これで少し大人になってくださるのなら……」

当初は苦々しい態度であった宰相も、このところ考えが変化している。

未亡人と大人の関係を深めることで、幼く頼りない王太子が少しでも成長してくれれば、という思いがあるらしい。国王や大臣たちも同様の考えのようで、黙認している。

上級貴族院会議以外でも、二人は淫らな逢瀬《おうせ》をするようになったのだが、身体の関係が先行したせいで心の交わりは不足していた。

（ユリウスさまは、本当は幼くないしあの方と触れ合うのも嫌ではないけれど……）

彼が自分を隠していることもあり、イレーネも自分の気持ちがよくわからない。もちろんユリウスが自分をどう思っているのかも同じく不明だ。

それを直接彼に聞くこともなんとなく憚《はばか》られ、二人の間はいろいろといびつである。

（わたしはこれでいいのかしら）

確かに王宮では過ごしやすくなった。誰にも言い寄られないし、女性たちに嫉妬で意地悪や嫌がらせもされない。王太子の恋人ということで、周りからは一目置かれ、かしずかれることもあった。上級貴族院会議でも、あからさまな嫌味を言われたり軽蔑のまなざしを受けたりすることもなくなる。

ユリウスもイレーネを利用して、年上の未亡人に翻弄される頼りない王太子の振りを続け、妃や愛妾の打診を断り、宴を抜け出して他のことに時間を使ったりしていた。

そう考えると、あながち悪いことではないと思うのだが、このままではいけないという言葉が心の中から聞こえてくる。

(ではどうすればいいの？)

自分の中の矛盾と葛藤《かっとう》していたところ……。

「今日は表情が冴《さ》えないね」

王太子の間の食堂で昼食を一緒に摂っていたユリウスから指摘をされてしまう。

「そ、そうですか？」

円形のテーブルの向かい側にいるユリウスに問い返す。

「僕の顔を見て、困ったような顔でため息をついたよ。僕といるのが嫌なのかな」

「え？　いえ、そんなことは」

イレーネは首を振った。

「正直に言っていいよ。僕があまり人に好かれる方じゃないことは知っている。嫌がられるのも慣れているし」

揃《そろ》ったまつげを伏せて、諦めたような表情で告げられる。

（嫌がられることに慣れていても、傷ついているのよね？）

彼の雰囲気からそんな気持ちが伝わってきた。ここで二人の関係について考えていると答えたら、よくない意味に取られてしまいそうな気がする。

「ユリウスさまのせいではありません。あの……女伯爵として、やっていけるのか不安で、考え込んでしまっていました」

本当に考えていたことは隠し、いつも抱えている悩みについて告げることにした。

「そろそろ一年近く経つのに？」

「まだ九ヶ月です」

「正確にはそうだね。で、まだ慣れないの？」

「領地の運営や領民との関係は難しいですね」

イレーネはうつむく。

「そうだね。でも焦らずやっていけば大丈夫だよ。どの貴族も、代替わりではそれなりに苦労をしている」

「そうなのですか？」

「王宮の書庫にそういう事例を集めた資料がある。領民との関係が上手くいかなかったり、領地の運営に失敗して借金を抱えたり、犯罪者の取り締まりができなかったり」

「まあ……」

「どの事例も焦らず丁寧にこなしていけば防げている。困ったら早めに貴族院会議か役所に相談するといい」

「そうですね。そうします」

ありがとうございますと、イレーネはユリウスに頭を下げた。

「あと、君のその綺麗な顔の眉間に皺《しわ》を寄せるのは、もったいないからやめた方がいい」

「わたし、寄せていましたか?」

額に手を当ててイレーネは問いかける。綺麗な顔というのはお世辞だと思うが、ユリウスに言われるとなんだか嬉しい。

「しかめ面になっていたよ。こんなふうに」

ユリウスが顔に皺を寄せる。

「まあ、そんなにひどくないわ」

思わずイレーネは抗議した。

「あ、もっと恐《こわ》い顔になった」

「え?」

はっとして両頬を押さえる。

「はは。素直でかわいいね」

「わたしをからかっていますね？」

むっとして睨む。

「元気づけたかったんだけどな。ああそうだ」

ユリウスは立ち上がると、イレーネの方に回り込んできた。

「ちょっと来て」

手を引かれる。

「はい？」

イレーネは立ち上がると、ユリウスに引かれながら歩いた。王太子の間の食堂から居間に入り、そこを突っ切る。

（この先って……）

ユリウスが向かっているのは、寝室だ。半分開かれた白い扉を抜けると、紺色の天蓋《てんがい》に覆われたベッドが現れる。

（もしかしてこれからここで？）

ここのベッドで抱かれたことはなかった。控の間の長椅子や庭など、誰かにアピールできる場所での行為でなければ意味がないからである。

イレーネは初めてのベッドでドキドキしていたが……。

(あ、あら?)

そのままベッドを通り過ぎてしまう。ユリウスはイレーネを寝室の奥まで連れて行き、ガラス扉を開いた。

「ここは?」

「テラスだよ。ここからしか出入りができないようになっている」

王太子の寝室専用のテラスということだ。手すりの向こうは絶壁になっているらしく、王宮の湖が見える。水上を渡ってくる涼やかな風が、イレーネの髪をそよがせた。

「気持ちのいいところですね」

王都の街も少し見える。

「こっちだよ」

景色を眺めていたイレーネを、テラスの奥へとユリウスがいざなう。

(階段?)

奥の手すりが切れていて、階段が壁伝いに下へ伸びている。ユリウスから降りるように促され、イレーネは恐る恐る階段に足をつけた。

「そこに掴まるといいよ」

壁にぽつぽつと石が出ている。

「これが手すりの役割をしているのね」

階段は思ったよりも幅があったので、ドレスのイレーネでも困ることなく下りることができた。

「ここは船着場ですか」

湖面から膝半分くらいの高さのところに、石を敷き詰めた細長い広場が造られている。入り組んだ場所にあるため、両側から石壁が迫っていて外からは見えない。

「非常時の脱出用だよ。でも今はそれ以外のことに使っている」

「何に？」

問いかけながらあたりを見回す。湖は石壁に挟まれた水路のようになっており、長く向こう側に伸びていた。

（あちらの壁の上……）

見上げた先に樹木が生い茂っている。向こう岸の壁の上は、大広間から出た庭の奥にあるテラスだと気づく。以前ミランダたちから突き落とされて、イレーネが一度命を落とした場所だ。

（わたし、あの上からあそこに落ちて、死んだのだわ……）

本来ならあそこでイレーネの命は尽きていた。その場所の手前に立っていることに奇妙な縁を感じる。

「そこじゃなくてここだよ」

というユリウスの声に、イレーネは驚いて振り向く。

（わたしの落ちた場所を知っているの？）

と一瞬思ったがそうではなく……。

「ここを見てほしいんだ」

ユリウスが差した場所に視線を移す。岸壁の端が石の壁で四角く区切られていて、湖の水が溜《た》まっていた。

「まあ、お魚だわ！」

覗き込んだイレーネは思わず声を上げる。石で囲まれた水の中に、何匹も魚が泳いでいた。

「キラキラしていて綺麗だわ」

銀色の魚が光を反射して煌《きら》めいている。

「品種改良をした魚の養殖《ようしょく》実験をここでしているんだ。昼食に出たムニエルは、ここの魚だよ」

「柔らかくて味わい深かったあれが？　……ここの養殖魚だったのね……」

「将来、王都の各所に人造湖を造って養殖をしたいと考えている。成功すれば食糧事情が格段に良くなるはずだ」

「人造湖を？　もしかしてフレイル湖から水を引くのでしょうか」

「おそらくそうなるね。だから湖を管理している女伯爵の仕事は重要だよ」

「責任重大ですね……」

プレッシャーをかけられてしまった。

「だが新規事業の実行と責任は僕が取る。君は見ているだけでいい」

「殿下が？」

「まあ、人造湖を増やすのは、僕が国王になれたらの話だけどね……」

「王太子なのですから国王になられるのは当然なのでは？」

「さあどうかな。それより、君をここに連れてきたのはそういう話をしようと思ったのではないんだ。あそこを見てごらん」

イレーネの質問には答えず、ユリウスは奥の仕切りを指し示す。

「……？　え？　まあ、なんて綺麗！」

怪訝に思いながら見に行くと、そこには色とりどりの小さな魚が泳いでいた。

「観賞用の魚も研究している」

「赤や青、緑色のもいるわ。ヒレがひらひらしていてかわいい」

初めて見る美しい魚に、イレーネはうっとりした。

「綺麗なものを見ると、心が癒《いや》されると思ってね」

「ええ。本当に……」

ユリウスの言葉にイレーネは素直にうなずく。

光が煌《きら》めく水面に、極彩色のドレスを纏った魚たちが優雅に泳いでいた。涼しげでとても美しい。この世の面倒なことは忘れて、しばし見入ってしまった。

（あ……）

イレーネははっとする。

「これをわたしに見せてくれたのは、女伯爵のことで落ち込んでいたからですか？」

「まあね。気持ちが落ち着くまで見ていればいい」

そう告げるとユリウスは踵《きびす》を返した。

「殿下？」

「僕は上で読みたい本があるから、先に戻っている。ここなら朝の餌やりの時間以外は侍女も来ないから、泣きたければ少しくらい声を出しても大丈夫だよ」

ユリウスが階段を上がり始める。

（わたしを元気づけようとここに連れてきてくれたのだわ）

とっさに出た言い訳だったのに、ユリウスはイレーネの悩みに真剣に対処してくれたのだ。ユリウスはこんなにも優しく自分を思いやってくれた。それなのに自分は、嘘や誤魔化しばかりしている。

「ま、待って！」

お礼と謝罪をしなくてはと、イレーネはユリウスを追いかけた。

「いいよ。そこでゆっくりしているといい」

邪魔はしないからと笑っている。

「そうじゃないの。わたし、あの……あ、きゃっ！」

石の突起を掴んで階段を上り始めたのだが、あまり使われていなかった箇所なのか、三つめの石がボロリと外れてしまった。

「きゃああっ！」

イレーネはバランスを崩し、後ろ向きに倒れていく。

「危ないっ！」

イレーネの頭上くらいにいたユリウスが、階段をすばやく飛び降りる。後ろ向きで階段から落ちそうになっていたイレーネの背中に手を回し、力強く抱き寄せた。

まだ階段が数段残っている場所である。

（このまま落ちたら石畳に激突してしまうわ）

と心配した瞬間、ユリウスはイレーネを守るように抱き締めたまま、くるっと身体を回した。

「っと！」

まるで猫が回転するように、階段下の石畳に着地したのである。

「ふう。危なかったね」

「すみません。あの、ありがとう……」

「怪我《けが》はない？」

心配そうに顔を覗き込まれる。

「ええ、殿下のおかげで大丈夫です。わたし……あの……」

驚きと恥ずかしさと落ちていく恐怖、そして助かった安堵《あんど》がごちゃまぜになって、どうしていいかわからない。

イレーネの瞳から涙が溢《あふ》れ出《だ》す。

「うん。恐かったね」

頭を抱き寄せると、イレーネの顔を胸につけた。

「はい……うっ……」

それ以上何も言えず、泣いてしまう。

こんなところ、誰かに見られたら大変だ。イレーネは悪女な女伯爵で、ユリウスは幼く頼りない王太子なのだから。

（頼りなくなんかないわ）

ユリウスは国の将来の為に様々なことを研究し、しっかりと考えている。ひ弱に見えていた身体も、まったくそんなことはない。階段でバランスを崩したイレーネを抱いて、軽々と床に着地できるのだ。

そして動揺して泣いてしまったイレーネを、宥《なだ》めながら優しく包み込んでくれる包容力や頼もしさもある。

彼の腕の中で、イレーネは自分の中にあるユリウスの存在が、どんどん大きくなっていくのを自覚した。


翌週。

上級貴族院会議が開かれた。会議が終了して国王が退出すると、宰相や財務の担当大臣に上級貴族たちが群がっている。

今日は半年ごとにある納税書類の承認日だ。先月領地の広さや領民の数と税収を財務局へ申告してあり、その結果が会議の前に通知されている。

すんなり承認された者はそのまま退出するが、認めてもらえなかった貴族たちは理由や対策を宰相や担当大臣に問い合わせていた。

イレーネも提出した納税書類を承認してもらえず、これから作り直しをしなくてはならない。

（どうしよう……）

提出期限は明日だ。イレーネも質問したいが、財務大臣に群がっている彼らの中に入っていけない。

（担当の役所に行った方がいいのかしら……）

考えながら会議場から出たところ、ユリウス付きの侍女が立っていた。

「殿下があちらでお待ちです」

会議場に併設されている王族用控の間を示される。

「え、ええ……」

イレーネの胸がドキッと大きく鼓動した。

あの崖下で泣いてしまった日、しばらくして落ち着いたあと王太子の部屋へ戻ると、ユリウスは国王に呼ばれて行ってしまった。

それからしばらく会っていなかったので、イレーネはユリウスと顔を合わすことに気恥ずかしさを感じている。

（どんな顔をしてお会いすればいいの？）

ドキドキしながら控の間の前に立つ。

「失礼します。お久しぶりです。殿下」

動揺を周りの者に気取られないようにしながら、イレーネは中に入った。公認の恋人なので、衛兵もそのまま通してくれる。

部屋の奥にユリウスの姿が見えて、イレーネの鼓動が跳ね上がった。黄金の蔓《つる》で装飾された王太子の机に向かっている。

（わたしの方を見たわ）

顔を上げたユリウスに緊張しながら歩く。

控の間の扉が閉じられたからか、ユリウスの表情はおどおどしておらず普通の青年だ。涼やかな青い瞳がイレーネに向けられ、整った顔が軽く微笑んでいる。

美しく凛々しい青年王太子。彼がとても賢い頭脳と力強い体躯《たいく》を備えていることを、イレーネは知っている。

「きゃっ！」

ユリウスに気を取られていたせいなのか、長い毛足を持つ絨毯《じゅうたん》に足を取られてしまった。

「イレーネ！」

躓《つまず》いて床に手を突き、革鞄《バッグ》を落としたイレーネの方へ、ユリウスが走ってくる。

「すみません」

ユリウスの助けを借りて立ち上がった。

（わたしったら、なんて恥ずかしい……）

「とにかく向こうへ」

奥の長椅子にいざなわれる。

「ありがとうございます」

ユリウスは革鞄と周りに落ちた書類を拾い、イレーネの隣に腰を下ろした。

「怪我はない？」

小声で問いかけられ、大丈夫だとうなずく。

「それはよかった。ん？　これは？」

拾ったイレーネの書類をユリウスが凝視した。

「あ、それは財務局に提出した納税書類です。計算や単位が違っていると、会議が始まる前に戻されてしまいました」

上級貴族には半年ごとに納税書類の提出が義務付けられている。前回は伯爵が亡くなった直後だったので、免除されていた。

「ふうん」

イレーネの話を聞きながら、パラパラとめくっている。

「王宮に泊まって、明日までに作り直したのを再提出しなくてはならないの」

しゅんっとして告げた。

「まあそうだね。めちゃくちゃだ」

数字が羅列されているところを見て、ユリウスが首を振る。

「違っているのがわかるの？」

「湖の容積と農地の容積の計算がひどいな。ここの単位を一緒にしてはだめだよ」

税は政《まつりごと》に関わる重要なことだからか、ユリウスの態度が厳しい。

「でも、違いがわかりません」

昨年の提出書類には、農地以外に記されていなかった。イレーネが女伯爵として相続した関係で、今回だけは湖に関しても申告しなければならなかったのである。

「勉強不足だね。伯爵は君に何を教えていたのだろう」

呆れたような目で見られる。

「伯爵さまは悪くないわ。わたしの理解力が低かっただけです。こ、これから勉強し直すわ」

イレーネは立ち上がった。

「勉強するって、どうやって？」

腰を下ろしたままのユリウスが見上げる。

「伯爵さまが残された書物や資料を読み返します」

「ここへ持って来ているの？」

「いいえ、フレイル伯爵家の屋敷にあると思います」

「王宮に留《とど》まって直すように命じられているはずだけど？」

ユリウスの言葉にはっとする。

「そうだったわ。明日中に出さないと懲罰されてしまう……。家令に持ってくるように命じなくては」

「間に合うのかな。この部分の資料は捜すだけでも大変だよ」

「そう……ですね」

イレーネでさえどの資料を見ればいいのかわからないのだから、家令も同じかもしれない。もしかしたら王都の屋敷ではなく、領地の本邸にしかない可能性も考えられる。

「あの……ユリウスさま。もしお分かりになるのなら、正しい数字を教えていただけませんか」

ふと閃《ひらめ》いて、藁《わら》にも縋《すが》る思いでユリウスに頼んでみた。書類をひと目見ただけで間違いがわかるのだから、正解もすぐに導き出せそうである。これまで何度もイレーネを助けてくれたし、彼は自分に優しい。きっと教えてくれるに違いない。

イレーネは安易にそう思ったのだが……。

「そういう甘い考えで、女伯爵が務まると思っているの？」

辛辣な言葉がユリウスから返された。

予想外の言葉と冷たい表情を向けられて、イレーネはびくっとする。

「い、いいえ」

肩をすくめて否定した。

「爵位を継いで領地を治めるというのは、重い責任と強い自立精神が必要不可欠だ。他人に依存するようでは務まらないよ」

更に厳しい口調で言われてしまう。

「はい。そうですね」

返事をしながら、自分の意識の低さを恥じた。

（わたしったら、何を甘えたことを考えていたのかしら。困難に負けずにがんばるところがわたしの長所だと、伯爵さまも生前おっしゃっていたのに……）

だから伯爵家を託されたのである。それなのに何ひとつ努力していない前に他人を頼ったら、亡き伯爵の期待を裏切るようなものだ。

（ここは自分でなんとかしなくては……まずは財務局に行ってみようかしら）

過去の提出書類を閲覧させてもらえれば、何かがわかるかもしれない。とはいえ、閲覧《えつらん》には大臣の許可が必要だ。財務の担当大臣は、イレーネが女伯爵になることを快く思っていない。女性に領地を治めることなど無理だと、あからさまに言っていたのである。

わからないので過去の書類を閲覧したいなどと言ったら、それみたことかと女伯爵を返上させられるかもしれない。

（いいえ。ここで諦めてはだめだわ！）

訂正書類を出せなければ、本当に返上させられてしまのだ。

「わたし、がんばります。自分でやってみます！」

力強く宣言する。

「いい心がけだ。伯爵が言っていた通りだな……」

「伯爵が？」

「いや、なんでも……。でもまあ、時間がないのだから参考になる資料を貸してあげるよ」

ユリウスが微笑む。

「そのような資料があるのですか。財務局にしかないとばかり……」

「全国の領地について、年代別に収穫高や納税額を冊子にまとめたものが、王族用の書庫に保管されることになっている。計算方法も記されているから、それと照らし合わせて該当する式に新しい数字を入れ込めば、間違いないだろう」

「王族用の資料をわたしが閲覧してもいいのですか？」

「明日ならいいよ。君ひとりで入れるわけにはいかないから、僕も同行するけどね」

「殿下も一緒に行ってくださるの？」

「教えたりはしないけど、どれが必要な資料かわかるようにするぐらいはね」

「ありがとうございます。助かります！」

イレーネは頭を下げて感謝の言葉を発した。

「しっ、声が大きい。君は僕を誘惑する悪女な伯爵夫人なんだよ」

あたりを見回しながらユリウスがイレーネを窘める。

「すみません……」

小声で謝罪しながら視線を動かす。

（あら？）

窓の向こうに人影が見えた。だれかがあそこでイレーネたちをのぞき見している。侍女だろうか。けれど、影はそこから動かずじっとしている。

(風が木を揺らしただけかもしれないわね)

イレーネは窓から視線を戻す。

「そういえば、殿下はわたしに御用があるのですよね？」

呼ばれていたことを思い出した。

「いや、いつものことをしようと思ったけど、今日はやめた。君は戻ってもう一度領地や収穫高の数字の確認をしておくといい。それが間違っていたら計算しても無駄だからね」

声を潜めて告げられる。

「……あ……はい……」

そういうことだったのかと、イレーネは顔を赤らめながらうなずいた。

(では、今日はしないのね)

ユリウスの思いやりに感謝するけれど、自分の中になぜか残念な気持ちが芽生えたことに、イレーネは気づく。

(ざ、残念て、そんなはしたないわ)

自分の心を窘《たしな》める。

そんなイレーネを、座ったままのユリウスは意味深な笑みを浮かべて見上げると……。

「えー。残念だなあ。今日はダメなの？　ねえ、イレーネ」

突然とても大きな声を発した。外にいる人間に聞かせるためらしい。

「ごめんなさいね。書類を作り直さなくてはいけないの。殿下、明日は書庫でいいことをしましょうよ」

イレーネも少し大きい声で言うと、ユリウスの頬に手を触れた。

「う、うん。わかった……」

それまでの王太子然とした態度を引っ込め、おどおどした感じで答えてくる。

すると、窓の向こうの人影が動いた。

（やはり誰かいたのね）

背の高い男性が、窓辺から離れようとしていた。肩章《けんしょう》や勲章《くんしょう》のようなものが外光に反射している。

「あれは……参謀補佐？」

前に大広間で話をした軍人ではないだろうか。

「ああ、デリク・ジョサイアだね」

ユリウスがすぐさま答える。

「以前わたしに、殿下の恋人なのかと声をかけてきたわ。殿下のお母さまの従者だった方ですよね？」

イレーネはかがむと、ユリウスの耳に小声で問いかけた。

「そうだよ。そして僕を裏切ってスパイのようなことをしている」

忌々しそうに彼が去った窓を睨んで言う。

「スパイ……ですか」

「僕と君が何をしているのか、今も確認しにきたのだろう」

「どうしてですか？」

「僕が世継ぎに相応しい大人になっていたら、排除しなければならないだろ」

（排除ですって？）

声に出さず、驚きの表情をイレーネは浮かべる。

「こうして魅力的な未亡人と肉欲に溺れているダメな王太子でいれば、やつらは安心する」

イレーネの腰をぐっと引き寄せた。

「あっ！」

「はあ、なんていい匂いなんだ。乳が気持ちいいよお」

情けない声を出しながら、ユリウスはイレーネの胸に顔を埋めている。

「だ、だめよ殿下。明日だと言ったでしょう？」

一瞬狼狽したが、イレーネは大人の女っぽくユリウスを叱った。

「今したい」

ユリウスはかわいい口調でおねだりをする。だが、浮かべている表情は厳しい。

「我慢よ。明日書庫でね」

外まで聞こえるようにイレーネは言う。

「もう行ったみたいだな」

イレーネの胸から顔を離す。

「君も油断しない方がいい。あれは出世のためならなんでもする人間だ」

ひどく冷たい目をしてユリウスが言った。


翌日、イレーネは王宮に行くと王太子の間に向かった。

「おや、そこにいるのはレディ・イレーネでは？」

大広間を抜けた廊下で声をかけられる。

振り向いた場所に、真ん中分けの銀髪と鼻ひげを持つにやけ顔の男性が立っていた。

「ヤレス公爵さま」

「こんな朝早くどちらへ。私は朝まで女性たちが放してくれなくてねえ」

服と髪が乱れているヤレス公爵があくびをした。

昨夜の宴からずっと女性と遊んでいて、王都の公爵邸に戻っていないらしい。

イレーネは今日の準備があるため、国王の挨拶後はすぐに自室に戻った。再提出を課せられた貴族たちも同じである。昨晩は上級貴族の男性が少なかったため、ヤレス公爵は女性たちから奪い合いになったのだろう。

（ヤレス公爵さまは元王族だから、書類は財務局が作ってくれるものね）

羨《うらや》ましい身分だが、羨んでいる時間はない。

「わたしは、書類を作成しに来ましたの」

「ほう。勤勉ですな。よろしかったらテラスで朝食などどうかな？」

軽い感じで誘われる。

「これからユリウスさまとのお約束があります」

身分の高い恋人との逢瀬があるというふうに胸を張った。

「殿下と？」

「ええ。王族用書庫で待ち合わせですわ。では、失礼いたします」

そそくさとヤレス公爵から離れていく。

いくら公爵でも、王太子と会う相手を引き止めることはできない。イレーネは肩越しに見て、公爵が追ってこないことにほっとしたが……。

（あれは？）

ヤレス公爵の後方に、銀色の髪を持つ女性がいることに気づく。公爵を探しに来ていた妻のミランダではないだろうか。

あの距離なら今の会話が聞こえたかもしれない。

（公爵さまを冷たくあしらっておいてよかったわ）

イレーネは胸をなで下ろす。

廊下を進むと国王の間と王太子の間に分かれる場所に、年配の女性が立っていた。

「おはようございますレディ・イレーネ」

侍女長のベリテだ。王太子の間を仕切っていて、何度か顔を合わせている。二人の仲も王太子の本当の姿も知っている数少ない人物の一人だ。

湖で泣いてしまったあの日に、国王から呼ばれていると告げに来たのもこの侍女長だった。養殖実験魚への餌やりも担当しているらしい。

「おはよう」

髪をひっつめた頭を下げたベリテにイレーネは挨拶を返す。

「殿下は書庫でお待ちです」

イレーネを右側の廊下にいざなう。開かれた大きな扉をくぐると、高い天井と豪華な装飾が施された部屋がいくつも連なっていた。書庫は王太子の間に沿った廊下を通り過ぎた向こうにある。

（王太子の間《ま》は相変わらず豪華だわ）

よく使っている大広間の王族用控の間も凄いが、ここはその数倍の大きさと煌びやかさだ。彫刻や巨大な絵画、ふかふかな青い絨毯と黄金で縁どられた家具調度品。どれもベルンドルフ王国の世継ぎの部屋に相応しい豪華さと格式を持っている。

（でも……）

いつもここを歩くと、居心地の悪さを感じた。

圧倒されるほど絢爛豪華《けんらんごうか》だけれど、どこか寒々しいのである。

（人が少ないのよね）

王宮の大広間や途中までの廊下には衛兵が並び、大勢の侍女や使用人が右へ左へと忙しく働いている。だがここでは、入口や扉のあるところに衛兵がいるだけで、侍女や使用人の気配がほとんどない。

「人がいなくて静かですね」

思わずつぶやくと、先導していた侍女長のベリテが足を止めた。

「ここは必要最低限の人数で賄《まかな》っておりますゆえ」

「どうして？」

ベルンドルフ王国は、王族がかなり贅沢をしても許されるほど裕福な国だ。人件費を切り詰める必要などないはずである。

「殿下が安心して近くに置ける者の数が少ないのです」

「それは、信用できる者が少ないということ？」

「そうでございます」

「なぜ？」

「ご存じないのですか？」

「ええ……ほとんど……」

「そうですか……。かなり親しい間柄になられたとうかがっておりますので、すでに殿下から事情をお聞きになったのかと思いました」

「……何か事情があるのはわかっています。でも、詳しいことは存じておりません」

見かけは青白くひ弱でおどおどしているけれど、実はそうではないユリウスの事情について質問したことはあるが、言いたくないという感じで終わってしまっていた。

「この王太子の間までお招き入れるのですから、レディ・イレーネに心をお許しになっていると思います。どうか殿下の支えになってくださいますよう、お願い申し上げます」

ベリテは白髪が交じる茶色い髪の頭を下げた。

「わたしが支える？　いったいどういう事情があるのですか」

「それはわたくしの口からは言えません。お察しくださいませ」

硬い表情で首を振った。

（察する？）

王宮にはユリウスが安心していられない者がいて、彼はそのために偽《いつわ》りの自分を見せている。

味方であるはずの母親の従者は裏切り者で、侍女長はイレーネに支えとなってくれと言う。

それだけで、ユリウスの身辺に不穏なことがあるのが嫌でもわかる。とはいえ、単なる女伯爵の自分に何ができるのだろう。

（支えるなんて……）

困惑するイレーネにベリテが背を向けた。

「では参りましょう。殿下がお待ちでございます」

奥に向かって歩き出す。

「ええ」

悩みながら彼女の後について歩く。

寝室を横目に王太子の間に沿った廊下を行くと、最奥に書庫の扉があった。見上げるほど背の高い扉の両脇に、衛兵が立っている。

「殿下のお客さまをお通ししてください」

ベリテに命じられると、扉が開かれた。

「どうぞ」

ここからはひとりで行くようにというふうに、手のひらで中を示される。

「ええ……」

ベリテと衛兵の間を歩き、扉の中へ入った。すぐさま背後で扉が閉じられる音がする。

書庫は少し薄暗い。

窓のない壁にランプが並んでいて、とても静かだ。

（こんなにたくさんの本を見るのは初めてだわ）

高い棚にぎっしりと本が詰まっていて、それを眺めながら歩く。外国の本、植物の本、建築の本、詩集、図鑑、図録、辞書、歴史書、分類されて書架に収まっていた。

しばらく進むとキラリとした光が見える。

「ユリウスさま」

彼の金髪がランプの光に反射していた。イレーネが足早に近づくと、ユリウスは青い目を見開いて立っている。

「イ、イレーネ？」

びくびくした表情で問いかけられる。

「はい、そうですが、何か？」

近くまで来ると、ほっとした表情でユリウスがうなずいた。こんな時は十七歳とは思えない幼さを感じる。

「いつもとドレスが違うから、びっくりした……違う人が来たのかと……」

ふっと笑った。

びくびくした表情は演技だったようである。

「わたしのドレスですか？　いつもの喪服は修繕に出してしまっていて、今日は公式な場所で人に会うこともないので、普通のドレスで参りました」

自分の姿を見下ろしながら答えた。今日のドレスは、生前伯爵が誂《あつら》えてくれたものである。光沢のあるパステルカラーの絹地に真珠が縫い込まれ、上品な輝きを放っていた。

喪服のドレスも衿の詰まった貞淑なものからレースたっぷりで色っぽいものまで、伯爵が何枚も誂えてくれていたが、そろそろ普通のドレスに戻してもいいと思ったのである。

『喪服でいると、新たな伴侶を得るのに時間がかかり、伯爵家の存続に支障をきたす恐れがある。それに……。なにより私は、君が着飾った姿が好きなのだ。綺麗なドレスを着て、いつも笑っていてくれ』

自分が死んだあといつまでも喪服でいなくていいと伯爵も言ってくれていた。

「それで、今日は喪服を着なかったのです」

ユリウスに理由を告げた。

「なるほどね……たしかに、似合うね……」

微妙な笑顔を向けられる。まるで、イレーネが喪服でなかったことに困惑している感じだ。

「このドレスでは不都合がございますか？　それなら着替えてまいりますが、午後からでもよろしいでしょうか」

王宮に割り当てられている伯爵家専用の控え室は狭いので、予備の喪服ドレスは王都にあるフレイル伯爵邸に置いてある。着替えるには使用人に持ってこさせなくてはならず、時間がかかるかもしれない。

「だ、大丈夫だ。都合は悪くない。いや、ドレスは今の方がいい。……とにかく、こちらへ」

奥に向かって歩き出す。

（本当にこれでいいのかしら？）

戸惑いながらユリウスの後に続く。

書庫の奥には大きなテーブルが置かれていた。そこだけ天井に天窓があり、外の光が差し込んでいる。

「ここを使うといいよ」

テーブルのまわりに置かれた背もたれの高い椅子を示される。

「わかりました」

イレーネは持ってきていた書類を置いて、腰を下ろした。

「以前の資料はとりあえずこれだけ用意しておいた」

テーブルの上に数冊の本が積まれている。

「わたしのために資料を用意してくださったのですか」

「この書庫は広い。初めての者が必要資料を探し出すだけで数日かかるだろう。僕でも半日かかったよ」

ユリウスは苦笑した。

（半日？　それなら昨日別れてから夜まで探してくれていたのよね？）

昨日はなにもせずに別れたのは、このためだったのかもしれない。

「ありがとうございます。助かります」

ユリウスの思いやりに、イレーネは深く感謝する。

「どういたしまして。大変なのはここからだからね」

「はい」

気を引き締めてイレーネは資料を手にした。ユリウスはテーブルの角を挟んだ斜め横に座っている。

(なにこれ?)

イレーネは目を見開く。

いくつか資料を読んでみたが、恐ろしく難しい。特に、治水に関しての税金と管理料について、計算が複雑だ。

(でも、仕組みはわかったわ)

フレイル湖は伯爵家の領地であるが国有でもある。なので湖そのものに税金はかからず、国から管理料が支払われる。

しかしながら、ある一定量の水に関しては売買が認められており、その収益には税金がかかる。

管理料と相殺される場合もあれば、追加で納税することもあった。

「この数字をどのように計算するのかしら……」

資料をめくりながら思わずつぶやく。すると、横から白くて長い指がすっと出てきた。

「それはここだよ。容積率と同じところにある」

資料の下部をユリウスが指差す。

「あ、ここなのね」

「君の持ってきた書類にある数字は、ここに記されているどの式に入れればいいかわかる？」

「えっと……」

ずらりと並んだ式はどれも同じような記号で構成されている。イレーネはわからないと言おうとしたが……。

「あ、それぞれ単位が違うわ」

単位別になっていることに気づいた。知りたい物資と同じ単位を持つものの式を探せばいいのである。式を上から丹念に見ていくと、該当する式を見つけた。

「これね！　えっと……こうかしら？　いいえ、違うわ」

さっそく当てはめてみたが、思った数字が出てこない。

「そこにある単位は百ごとに区切られているよ。この注釈を見落としてはいけない」

「ああ、本当だわ。それなら……あ、できたわ！」

欲しい数字が導き出せた。

「そうだわ。この計算方法を探していたの。これがわかれば、こちらとこちらもできるはず」

イレーネは喜んで他のものも計算してみる。

「農地についてはこれを使うといい」

「用途別なのですね」

全部一緒に考えていたので失敗した箇所だ。

「分類表が巻末にあるから参照するといい。この部分だよ」

「はい」

資料はどれも難しく、わからないことだらけなのだが、ユリウスが必要なところを示してくれる。答えは教えてくれなくとも、それに必要な箇所に導いてくれた。

正しい数値だけ教えてもらっていたらすぐに終わるけれど、次回もまた同じように頼らなくてはならない。このように方法を知れば、今後はひとりでできるだろう。

イレーネは感謝しながら提出書類を作り終えた。

「ありがとうございます。殿下のご指導で無事に訂正できました」

心からの感謝の言葉を伝える。

「僕は調べる場所を教えたに過ぎないよ」

「それこそ、わたしが一番欲しかった助けです。今後は自分で作成することができるので、とても嬉しいわ」

「君の前向きな姿勢はいいね。見ていて僕も気分が明るくなる」

ユリウスから嬉しそうな笑顔を返された。

（あ、この顔……）

年齢よりも子どもでもなく大人びてもいない。本来のユリウスの表情だ。まっすぐな気持ちを乗せたユリウスの視線に、イレーネの胸が大きくときめく。

まるで、初恋の人に見つめられているかのような……。

（や、やだ、わたしったら何を考えているの）

頭の中に浮かんだ言葉に狼狽する。

「も、もうお昼を過ぎているわ」

自分の心を誤魔化すように上を向くと、天窓から差し込む光の角度を見てイレーネは言った。

「本当だ。思ったより時間がかかったな」

ユリウスも天窓を見て腰を上げる。

「計算が遅くてごめんなさい」

理屈はわかったが、実際に数字を当てはめて計算するのは大変で、欲しい数字を導き出すまでに、時間がかかってしまった。

「いや、あれなら速い方だよ」

謝罪したイレーネを慰めるように言う。

「そうでしょうか」

「そもそも、ここまで複雑な計算ができる女性は少ないからね」

だからすごいことなのだと言う。

「いずれ女伯爵になった際に必要な教養だと、伯爵さまが結婚当初からわたしに教えてくださったのです」

教育者としても名高かったフレイル伯爵は、イレーネにもしっかり教えてくれていた。

「そうか……。彼はいい指導者だったね」

「はい」

ユリウスの言葉にイレーネはうなずく。

「いつか、伯爵の墓参りをしたいな」

ユリウスは青い目を書庫の窓に向けた。

「ぜひいらしてください。湖のほとりに墓碑があります」

「ほう。フレイル湖に？　そういえば、僕は一度も湖を見たことがなかったな」

はっとした表情で言う。

「フレイル湖にいらしたことがないのですか？」

「王国一の湖であり国内の水源になっている重要な湖なのだから、一度くらいは行ってみたいと思っているのだが、僕が城から出るとなると色々と大がかりになるからね」

ユリウスは諦め顔で視線を落とした。王太子の外出ともなれば、豪華な馬車を仕立てて、大勢の衛兵を引き連れていくことになる。道中の安全確認も必要で、各所に警備兵も配置しなくてはならない。

気軽に遠出などできないのである。

「殿下のお立場も考えずに聞いてしまって……すみません」

しゅんとしてイレーネはうなだれた。

「いや、非公式にこっそり行けばいいだけなんだが、腰が重くてね……。それより、さすがに空腹だな。昼食を一緒に摂ろうか」

ユリウスから横目で誘われる。

「え、ええ。でも、今日は普段着のドレスなので……」

それなりに上等なものを着ているけれど、王族と食事をする格式のものではない。いつもの喪服のドレスなら冠婚葬祭どんな時でも許されるが、この格のドレスでは失礼にあたるのではないかと戸惑った。

「構わないよ。というか喪服のドレスよりもいい。いや、いいんじゃなくて……僕は君のその姿が、好きなんだ……」

はにかみながら言われた。

(好き？　わたしを？)

ユリウスの言葉にドキっとする。ユリウスは自分の発した言葉に照れたのか、微笑みながらうつむいていた。

「……ユリウスさま」

テーブルを回り込んでイレーネはユリウスの近くまで行く。

顔を動かさず、ユリウスの青い瞳だけが横に動いてイレーネを捕えた。

イレーネは何も言わず、彼に笑顔だけを返す。すると、ユリウスの手が持ち上がり、イレーネの頬に添えられた。

彼の顔がイレーネにまっすぐ向く。

（あ……）

至近距離にあるユリウスの顔に、イレーネの鼓動が跳ね上がった。

彼の顔を近くで見たことは何度もある。けれどそれは、偽りの誘惑をイレーネから仕掛けている時や、激しく淫らな触れ合いをしている時などだ。

こんなふうに静かに見つめ合うのは、初めてかもしれない。

（ど、どうしよう）

深く考えずに彼の傍まできてしまい、その後のことを何も考えていなかった。

ユリウスを誘惑して淫らなことをしても、ここでは誰も気づかない。無駄だとユリウスもわかっているのか、イレーネを見つめたままだ。

（手が大きい……）

華奢《きゃしゃ》な見かけだが、ユリウスの手は大きく指が長い。体温が彼の手からイレーネの頬に伝わってくる。

ランプの光に照らされた書庫の中は、日常とは違う静謐《せいひつ》な空間だ。まるでこの世界には、二人だけしか存在していないような錯覚に陥ってしまう。

「君が……好きだ……」

イレーネの耳にユリウスが囁く。

（……好き……）

まるで夢か幻聴のような、でもやはり現実のような……。

彼の言葉にうっとりしていると、イレーネの唇に吐息がかかった。

ゆっくりとユリウスの顔が近づいてくる。

続いて、唇に柔らかな感触が加わった。

「ん……」

彼の唇が自分の唇と重ねられた感触に、イレーネは更にときめく。

いつもはもっと淫らな触れ合いをしているのに、今は唇を触れあわせただけで心拍数が跳ね上がった。

好きだと言われたからだろうか。これまでも大広間で大勢の男性に好きだと言い寄られたが、こんなふうにドキドキしたことはない。

唇を重ねただけの口づけはそれほど長くは続かなかった。

「ごめん。これは契約違反だね……」

唇を離したユリウスの謝る声がして、いつの間にか閉じていた目をイレーネは開く。

「けいやく?」

聞こえてきた言葉に首をかしげる。

「君との関係は、皆に周知させなくては意味がない。ここには誰も来ないし声も外に漏れることはないからね……」

「あ……ええ、そうですね……」

(それなら、なぜキスをしたの?)

ユリウスの行為に疑問を抱くとともに、先ほど言われた契約という言葉が胸に突き刺さる。

イレーネは男性から求愛されて女性たちに嫉妬をされるのを避けるためと、ユリウスは頼りない王太子を演じながら意に添わぬ愛妾を娶《めと》らなくてもいいように、二人は偽りの恋人関係になった。

それはイレーネも十分納得している。そもそも自分は未亡人でユリウスより年上だ。男爵家出身なので元の身分も低く、彼とは吊り合わない。

ユリウスはいずれ妃を娶り、国王となり、この国を統べていく。自分もフレイル伯爵家を存続させるために、婿と後継ぎを得なくてはならない。

二人の関係がこれ以上発展することはないのである。

「このくらいのキスは、伯爵さまともしていたので大丈夫よ」

本当は頬にしかしてもらっていないが、ユリウスが気にしなくていいようにそう付け加えた。

「伯爵とも……。そうか……。フレイル伯爵と君は夫婦だからね」

改めて気づいたというふうにうなずいている。

「とても素敵な方でした。優しくて博学で、わたしの質問にいつも的確に答えてくださいました」

「ふうん」

「わたしの実家は領地もほとんどなく代々続いていた牧場も上手くいかなくて、潰れる寸前でした。それを助けてくださったのが、フレイル伯爵なのです」

「家の為に結婚したのだろう？」

直球で聞かれてイレーネはうなずく。

「男爵家を立て直すための援助をする代わりに、妻になってそばにいてほしいとのことでした。わたしの顔と性格が気に入ったそうです」

フレイル伯爵に会ったのは、イレーネが十三歳くらいにあった親戚の集まりでのことだった。年老いた伯爵は杖をついていたので、イレーネが介助をしてあげたのが縁だ。

「まあよくある話だね。君ほど綺麗なら、そういう男はいくらでもいそうだ」

「わたしもお金で買われたような結婚なので、初めはとても悲しかった……。でも、伯爵さまは男爵家にお金を与えるだけでなく、わたしの父のハルム男爵に牧場の運営から資産の管理まで、細かく指導してくださったのです」

それで男爵家は立ち直り、いずれ弟が継いでも不安無くやっていけると告げる。

「フレイル伯爵の得意分野だからな」

「将来の為に教養をつけるようにと、わたしにも様々なことを教えてくださいました」

「自分の妻が暗愚《あんぐ》ではみっともないからな」

「妻としての役割は……なかったわ」

ユリウスのつぶやきに、イレーネは下を向いて返した。

「うん、君はそうだったね」

イレーネの初めてはユリウスである。

「でもわたし……伯爵さまの本当の妻になりたかった」

顎をあげ、前を向いてイレーネは告げた。

「……あんな年寄りと？」

驚きの表情を向けられる。

「歳は離れていても、自分が結婚した相手ですもの」

結婚相手と心身ともに一緒になりたいと思うのは普通のことだ。

（あんなに歳が離れていなければ、伯爵さまと本当の夫婦になれたのかしら……）

恋愛感情はなかったけれど、伯爵のことは心から尊敬していた。もし彼が若ければ、イレーネの初めてはユリウスではなく伯爵だったと思う。

(でも……あの伯爵さまと……するの？)

ふと、頭の中によぎる。

老人とは無理だとしても、屋敷に飾ってある若いころの肖像画の伯爵とならどうだろうと、絵の青年に抱かれる自分を想像してみた。

(なんだか嫌だわ……)

フレイル伯爵のことは敬愛しているけれど、男女の関係をするような気になれない。イレーネにとって伯爵は、父親や祖父のような存在なのだ。

ユリウスとならほとんど抵抗なくできることなのに、嫌悪感を強く覚えてしまう。

(わたし……ユリウスさまとしか、したくないの？)

イレーネは自分の気持ちに戸惑う。

ユリウスとの関係は偽りで一時的なものなのだ。彼以外としたくないなんて、許されることではない。自分の身体に伯爵家の将来がかかっているのである。

ぐるぐると考え込んでしまっていたら、ユリウスがふと顔を上げた。

「何か音がした」

「扉がきしんだ音？」

「うん。そんな感じだ」

開けたか閉めたか、もしくはその両方かもしれない。

「ベリテかな」

だから何も言わずに出て行ったのかと、ユリウスが首をかしげる。

「遅くなってしまったから、様子を見にきたのかしら」

二人の話し声がしたので、再び出て行ったのかもしれない。

「とりあえず、書庫から出よう」

「はい」

二人は出口に向かって歩き出す。

「ん……？」

出口の手前でユリウスが立ち止まった。

書庫の出口手前に小さなテーブルがあり、ポットとティーカップが載せられている。

「あら、お茶の用意をしてここに置いてくれていたのだわ」

中に入らぬようにと命じられていたため、ベリテか侍女の誰かがここに置いたのだろう。

「待ってくれ……」

イレーネが近づこうとしたところ、ユリウスから引き止められる。

「どうかなさいましたか？」

「これは、僕がいつも使っているものではない」

首を振って答えた。

「そうなのですか？」

白磁に華やかな花模様が描かれており、上級貴族や王族しか持てない高級なティーセットである。

「今日ここに来ることを、誰かに言った？」

ユリウスが顔を顰《しか》めてイレーネに問いかけた。

「いいえ、誰にも……あ、でも……来る時大広間に近い廊下で、ヤレス公爵さまに呼び止められました」

ここでユリウスと会うのでと立ち去ったことを告げる。

「ヤレスと……」

ユリウスの表情がこわばり、薄暗いのに彼の顔色が白くなっていくのがわかった。

「あの、何か問題でも？　言ってはいけないことでしたか？」

イレーネの問いかけに、ユリウスはそれまでの表情を取り下げて薄く微笑んでいる。

「いや、大丈夫だ」

うなずくと、胸元に宝石で留めているスカーフ《飾り布》を素早く引き抜いた。

「しばらくこれで口を塞いで、できるだけ息を止めていてくれ」

布を渡しながらイレーネに言う。

「え……？」

「あの中から毒の蒸気が出ている可能性がある。さあ急いで口を塞いで！」

「は、はい……っ！」

イレーネが口を塞ぐと、すぐさまユリウスから強く手を引っ張られた。

「いくぞ」

ユリウスも繋いでいない方の手で口を塞ぎ、イレーネと走り出した。扉に走り寄り、取っ手を掴む。

「む……っ！」

ユリウスは扉を強く押し開こうとしている。

「……っ！」

だが、書庫の扉はぴったりと閉じていた。ユリウスがこぶしで叩いたが、外の衛兵には聞こえないのか開かない。

「……ちっ！」

小さく舌打ちしてティーセットのある方に目を向けた。ポットの注ぎ口からゆらゆらと蒸気が立ち上っている。

（あれは……普通の蒸気とは違うの？）

布で鼻と口を塞いでいるのではっきりとはわからないが、お茶とは違う甘ったるい匂いがしているような気がした。

もしあれが毒の蒸気なら、吸い込んだら大変なことになる。

書庫の中は風がないので、ティーポットの周りに蒸気が渦を巻いていた。

（あの渦が広がってここまで来たら……）

ぞっとしてイレーネが背筋を震わせていると、ユリウスが膝を曲げてしゃがみ込んだ。扉の下部を装飾している金の蔓を掴み、ぐいっと引き上げる。

（まあ！）

扉の下部分に人がひとり通れるくらいの四角い穴が現れた。書庫に閉じ込められてしまった時に、中から脱出するための非常口らしい。

「ここから早く」

イレーネの背を押して、くぐるように促される。

（こんなに狭いところから出られるかしら）

言われるままに頭を突っ込む。肩と胸はなんとか抜けた。

「スカートが……」

パニエが邪魔をして腰が抜けない。

「大丈夫だよ」

　後ろでユリウスが、パニエとスカートをぎゅっと絞るように狭めてくれる。おかげで下半身が通り抜けた。

（なんとか外に出られたわ）

　ほっとしながらイレーネは振り返る。

「あ！」

　続いて出てくるはずなのに、ユリウスの姿がなかった。

　イレーネを押し出した手だけが、ぐったりと穴から覗《のぞ》いている。

「なんてこと！」

　口を塞ぐ布をイレーネに渡してしまった上に、イレーネを押しやる際に口から手を外したので、毒の蒸気を吸い込んでしまったのだろう。

「ユリウスさま！」

　急いで彼の手を引っ張った。だが、重くてびくともしない。

「だ、誰か！」

　叫んだが人の気配がしなかった。

　先ほどいた衛兵がひとりもおらず、待機していると思っていたベリテもいない。

（どうしよう）

　おろおろしながら周りを見回す。

「誰かを呼びに行った方がいいのかしら」

だが、毒の蒸気がまん延する中にユリウスを残していくのは不安だ。それで手遅れになったらと思うと、そこから離れられない。

もう一度大声で人を呼ぼうとした時……。

「うえ……扉を……」

ユリウスの声が微かに耳に届いた。

（上？）

脱出口の上を見上げると、扉の左右の取っ手部分に太い棒が閂《かんぬき》のように渡されているのに気づく。

「あのせいで開かなかったのね」

急いで立ち上がり、棒を引き抜いた。書庫の大扉を押しやると、きしんだ音を立てて開いていく。

「レディ・イレーネ！」

ユリウスの姿が現れたのと同時に、ベリテの声が廊下から響いてきた。

「まあ大変！　衛兵は？　衛兵はどこに行ったの？」

イレーネと倒れているユリウスを見て叫ぶと、ベリテは壁に据え付けられていたハンドベルを鳴らした。

すぐさま廊下の向こうから数人の衛兵が走ってくる。

ユリウスは王太子の寝室に運ばれ、専属の医師が駆けつけた。

ポットから上がっていた蒸気は神経を麻痺《まひ》させる植物のもので、吸い込むと呼吸ができなくなって死んでしまうという。

近づく前に気づいたので、ユリウスは気を失っただけで済んだらしい。イレーネも大事を取り、王太子の居間にてしばらく様子を見ることとなる。

「いかがですかイレーネさま」

ベリテが長椅子に腰を下ろしているイレーネに声をかけ、テーブルにお茶を置いた。

「少しふらふらしましたが、今は大丈夫です。それより殿下のご容態は？」

「もうお目覚めになっています。吸い込む量が少なかったようで、大事はないと医師は申しておりました」

「そう。それはよかったわ……」

ほっと胸をなで下ろす。

「わたくしが昼食の用意のために厨房《ちゆうぼう》へ行った隙を突かれてしまいました。二人いた衛兵も、一人が廊下に入り込んだ毒蛇に噛まれて、その者を運ぶためにもう一人も扉から離れていたそうです」

その隙に敵が入り込んだらしい。

「それで、誰の仕業なのでしょう」

問いかけにベリテは困惑の表情を浮かべる。

「殿下は幼少の頃からお命を狙われておりました。今回も、その者の仕業であることはわかりますが……」

決定的な証拠がないのだと首を振った。

「証拠がなくとも、犯人のめぼしはついているのよね?」

「それは……そうですが……」

言いにくそうにベリテがうつむく。

(わかっていても言えないということ?)

ユリウスがいなくなればヤレス公爵が王族に戻って王太子になる。その方がいいという者は、本人以外にも大勢いるだろう。デリク・ジョサイアなどはその筆頭に違いない。

ユリウスの命を狙っているのが誰なのか。特定できないのか、わかっても言えないのか、その両方ということも考えられる。

「幼少の頃から、なのね」

イレーネのつぶやきに、ベリテは目に涙を溢《あふ》れさせた。

「もうずっと、ひどい目に遭われております。国王陛下も心配なさって、以前は衛兵や護衛の使用人、侍女など大勢をここに詰めさせました。けれども、多すぎることが裏目に出て、不審者が入りやすくなってしまったのです」

「そういうこともあるのね」

「心身ともに殿下はボロボロになられました。しかも王宮内には、殿下が暗くて陰険だという心ない噂が流れて、嘲笑《ちょうしょう》を浴び、白い目で見られたのです」

「わたしも耳にしたことがあります」

「殿下はとても傷つかれて、一時はもう生きていたくないとまで……」

「まあ……」

どうせ殺されるのなら自分でと、十歳くらいからは自死を願うほどだったとベリテが告げた。

「十歳でそんなことに」

ユリウスの心境を想像すると、可哀想で心が痛む。

「けれどもフレイル伯爵さまが教師としていらしてから、ユリウス殿下はお変わりになりました」

それまでベリテが浮かべていた悲痛な表情が和らいだ。

「わたしの亡き夫が？」

「国家の財務などの教育を担当してくださいましたが、国を統べることや生き甲斐についても説いてくださいました。生きる気力をほぼ失っていた殿下は、当初は心ここにあらずでしたが、伯爵さまの粘り強い説得と熱意により心を開かれたのです」

「そうですか……」

教育係をしていたことは以前から聞いていたが、心のケアもしていたのだ。伯爵のことだから、きっと優しく励ましたのだろう。

「初めは少しずつしか進展しませんでしたが……デリク・ジョサイアが裏切ったあたりから変わられました」

「デリク・ジョサイアが裏切ったのはその頃なのですね」

「殿下の乗る馬が暴走したり、使っている水差しに毒が入っていたりということが重なりました。どれも未遂で事なきを得ましたが、デリク・ジョサイアはそれを見て、殿下のお命は長くないと見限ったのでしょうね」

残念そうにベリテが首を振る。

「なんて非情な人なのかしら」

イレーネはむっとした表情を浮かべた。

「わたくしも憤《いきどお》りましたが、ユリウス殿下は逆に奮起され、フレイル伯爵さまは新しい警備体制にする好機だとおっしゃいました」

「まあそうなの？」

「それまで大勢いた衛兵や侍女を整理し、本当に信用できる者のみを王太子の間に駐留させました。各部屋の家具調度品から食器に至るまで記録し、それ以外の人や物を入れない決まりを作ってくださいました」

入るものを減らせば危険も同じように減るということだ。

「ここの体制は伯爵さまが作られたのね」

「はい。そして殿下には、噂されているようなひ弱でダメな王太子を演じるようにアドバイスをなさったのです」

「それはなぜ？」

王太子としてよくない資質である。

「ダメな人間なら、わざわざ危険を冒《おか》して手を出さなくともいずれ王太子の座を降ろされるに違いないと、相手方に思わせるためです。ユリウス殿下が敵と戦えるほど成長して力をつけるまでは、それがいいと……」

「そのことは、国王陛下はご存知なの？」

イレーネの質問に、ベリテは深くうなずいた。

「国の安定のためには、正当な血筋である者が後を継がなくてはなりません。なので、ユリウス殿下が王太子として安全に暮らせるのなら、成長するまでその方向でいいというお許しをいただいております」

「それなら、なぜ疑わしいヤレス公爵を陛下は調べさせないの？」

誰が見ても公爵やその周辺が怪しいのだ。ユリウスにダメ王太子のフリをさせるより、元凶をなんとかするべきだとイレーネは意見を述べる。

「証拠がないのです。それに……公爵さまも陛下の御子《おこ》です。自分の子が実弟を殺《あや》めようとしているなんて、信じたくはないのでしょう」

だから野放しになっているらしい。

「それでは解決しないわ」

不満げな表情でイレーネは首を振った。

「そうなのです。それゆえ今までどうにもならず、ユリウス殿下は辛い状況にずっと置かれています。ただ、フレイル伯爵さまがかつておっしゃっていたのですが……」

これ以上話してもいいのだろうかという表情をベリテが向ける。

「伯爵さまがなにを?」

話してくださいという目で返す。

「この困難を乗り越えられなければ将来の王には相応しくないと、陛下はお考えになっているのではないかと、推測されていました」

「陛下はユリウスさまを試されているということ？　でも幼い頃からよ？　相手は大人で、味方も大勢いて、太刀打ちなどできないわ」

年が離れているだけでなく、母親を亡くしていて従者にも裏切られ、後ろ盾になる力のある者がいないのである。

「イレーネさまと同じことをフレイル伯爵さまもおっしゃっておりました。殿下のお立場は弱すぎるので、わたくしたちが支えていかなくてはならないと」

ベリテの言葉に、後方に控えていた衛兵や侍女たちが深くうなずいた。

「フレイル伯爵さまが亡くなられた現在、殿下をお支えしていただけるのはイレーネさましかいらっしゃいません」

「逆よ。わたしは殿下に支えてもらっているだけで、何もできないわ」

今回も、ユリウス一人なら毒を吸わずに逃げられたはずである。イレーネを助けたばかりにやられてしまったのだ。

「成人となられた殿下には、力は備わっていらっしゃいます。これからは、心の支えが必要なのです」

深々とベリテが頭を下げる。

「殿下のご優秀さは幼少の頃から実感しております。この国の未来のためにも、明晰《めいせき》な頭脳を持つユリウス殿下に継いでいただかなくてはなりません」

頭を下げたままベリテが訴えた。

(……わたしにできるのかしら)

不安と戸惑いしかない。

とはいえ、これまでのことで、イレーネの心はユリウスに傾いていた。

年下なのに、そうとは思えないほどしっかりしていて、時にはドキドキするほどの男っぽさがある。

先ほどイレーネを助けてくれた時も、身を挺《てい》して自分を守ってくれた彼の姿に、感動して心を奪われた。

（わたしでもいいの？）

彼の役に立つのなら、なんでもしたいと思う。

第六章　別れと伯爵からの遺言

ユリウスに大事はないとわかると、イレーネが王太子の寝室に呼ばれた。

「いかがですか殿下」

ベッドに横たわるユリウスに声をかける。

「ごめん……」

横に立ったイレーネを見上げてユリウスが謝罪した。

「どうして謝るの？　事情はベリテから聞いたわ。ユリウスさまは悪くないし、あの時スカーフを渡してくれなければ、わたしが毒にやられていたのよ。わたしの方が助けてもらえたお礼を言わなくてはならないわ」

ベッド横の床に膝をつき、彼の顔に目線を合わせて告げる。

「いや、僕が悪い」

ユリウスは首を振った。

「僕は、自分が危険な目に遭うことを知っていた。一緒にいた君を巻き込んでしまうことを予想できていたのに、言わずにいたのだから……とても悪いことをしたんだよ」

青い目を伏せると、イレーネから顔を背ける。声も表情もとても弱々しい。

普段は演技で弱々しく見せているが、今は本当に弱っている。異母兄から命を狙われ、信頼していた母親の従者に裏切られ、何度も毒や不審な事故に襲われているのだ。そんな自分の境遇が辛くてたまらないのだろう。

落胆している彼の姿を目の当たりにして、イレーネの胸が痛む。ベリテに言われなくとも、彼を支えてあげたいと思った。

「ユリウスさま……わたし……」

これからはフレイル伯爵に代わって自分が、と言おうとしたところ……。

「もう……これで終わりにしよう」

ユリウスから予想外の言葉が告げられた。

「……おわり？」

思わず問い返す。

「君に誘惑される恋人ごっこは終了する」

目だけこちらに向けて言われた。

「どうして？　わたしはこれからも……」

「飽きたんだ」

言い終わる前に投げつけられた言葉に、イレーネは衝撃で固まる。

「あきた？」

表情を強張らせながらユリウスに問い返す。

「まあね。それに、今回のように狙われてしまったのだから、君を利用しても効果はないということもわかった。誘惑ごっこも飽きてきたことだし……ちょうどいい」

ユリウスは冷たい横顔で、イレーネを見ることもなく告げた。

（わたしに飽きて、利用価値もなくなった？）

「でも……」

それなら書庫でのあの口づけはなんだったのか。イレーネに好きだと言ってくれたのは、嘘とは思えない。

「心配しなくてもいい。表向きは僕が君に振られたことにするよ。僕はまだ強く君を想っているので、他の男は手を出すなとも命じておく」

イレーネは王太子を振り回す悪役伯爵夫人として、困ることなく過ごせるということらしい。

「もうわたしが……いらないと？」

まさかと思いながら問いかける。

「うん。そういうことだ」

すぐさま冷たい答えが返された。

「ユリウスさま……」

「少し疲れた。すまないが出てくれないか」

気怠《けだる》そうな表情を浮かべてイレーネに背を向ける。

「そんな……」

「あとで謝礼を届けさせるよ。ではそういうことで、ご苦労だった」

有無を言わさぬ態度で、寝室から出るようにうながされた。

(本当に本気なの?)

どうしても信じられない。だが、相手は王太子だ。これ以上食い下がることはイレーネの立場ではできない。

「わかりました。あの……これまで、ありがとうございます。それから、謝礼なんて、いりません!」

泣きそうになるのを堪えて、イレーネは寝室を出た。引き攣った表情を浮かべているイレーネに、寝室の外に待機していたベリテが近寄ってくる。

「殿下はご自分のお心を隠しておいでです」

小声で告げられた。外にまで二人の会話が聞こえていたらしい。

「もしそうでも、わたしには何もできないわ」

イレーネはベリテに向かって、力なく首を振った。

自分は策略のための恋人なのだから、ユリウスから飽きた、いらない、と言われたらどうしようもない。

（でも、こんなにあっさり……）

少しは好意を持ってくれていると思っていたのに、あまりにも簡単に切り捨てられてしまったのである。

大きな衝撃を受けながら馬車に乗り込み、イレーネは王宮を後にしたのだった。


イレーネが寝室から出ていくと、ベッドの上のユリウスは横向きだった身体を仰向けに戻した。

唇を噛《か》み締《し》め、青い瞳で天井を睨む。

（堪《こら》えろ！）

自分自身に向かって強く命じた。

厳しく自制しなければ、今すぐベッドから跳ね起きて、イレーネの後を追いかけてしまうからである。彼女を背後から抱き締め、行かないでくれ僕のそばにずっといてくれと、なりふり構わず懇願するに違いない。

そして慈悲深いイレーネは、そんな願いを受け入れてくれるだろう。

（だからといって、それをするわけにはいかない）

心の中で自分を厳しく律する。

美しい笑顔と可愛らしい小鳥のような声、優しくて芯が強く、誰よりも魅力的な女性《ひと》を、自分の我儘と欲望で不幸にしたくない。

（そう……不幸にしては……いけないいんだ）

ユリウスはゆっくりとベッドから身体を起こした。

「思ったよりも力が入らない……」

毒の影響が残っている。

ほんの少し蒸気を吸い込んだだけでこうなのだ。もし知らずにあのポットからお茶を注ぎ、それを飲んでいたら……。

毒性の強さを思うと、命はなかったと思われる。

「不幸どころか彼女の命も奪ってしまったな」

苦笑しながら立ち上がった。

「うっ、つ……っ！」

頭痛と眩暈《めまい》に襲われ、顔を覆って壁に手をつく。

（イレーネがこの毒にやられなくて本当によかった）

苦しみながらもユリウスは胸を撫でおろす。

こんな危険に彼女を二度と晒してはいけない。危険から逃れさせるには、自分の近くにいさせないことが一番だ。

だから、彼女と別れることにしたのである。

「フレイル教授、あなたの希望通りにはいきませんでした」

ため息交じりに言うと、ユリウスはベッドの横にあるテーブルに手を伸ばす。上には王太子の上着と、イレーネの口を塞ぐように渡していたスカーフが丁寧に畳まれて、宝石の留め具とともに置いてあった。

「あなたを亡くしたあとも、命を脅《おびや》かされる事件や嫌がらせは続いていました。こんな境遇にもう耐えられないとくじけそうになった矢先、彼女に出会いました」

独り言をつぶやきながらスカーフを留め、上着を羽織った。

「伯爵がかつて言っていた以上に、彼女は素敵だった。綺麗で優しくて賢くて……色っぽくて……初めて抱いた時の感動は、一生忘れられない」

思い出して小さく笑みを浮かべる。

「なにより、彼女のしなやかな強さは僕に勇気を与えてくれた。それで、もう少しだけがんばってみようと思い直したのだけど……」

着替えを終えたユリウスは窓辺に向かった。

「僕が王太子であり続ける限り、危険とはずっと隣り合わせだ。彼女を好きになればなるほど、愛すれば愛するほど、同じ危険に晒したくないと、思うようになっていった」

言いながらユリウスは窓に目を向ける。

「だから伯爵、僕は……彼女に相応しくない人間なんです」

夕日に染まる庭に向かって告げた。

すると……。

庭の向こうで何かが揺れた。

（あれは……）

黒い影がこちらに歩いてくる。

大柄な男性だ。


イレーネは王宮から出て、王都にある自宅に戻った。

フレイル湖がある伯爵家の領地にはお城のような邸宅があるが、王都にあるこの屋敷もそれなりに大きい。

「お戻りなさいませ、レディ・イレーネ」

フレイル家に代々仕える家令と使用人たちが恭《うやうや》しく出迎えた。彼らは伯爵が亡くなってから今日まで、女伯爵になったイレーネを支えてくれている。

「ただいま……」

帽子を脱いで侍女に渡すと、イレーネはうなだれた。

「書類の作り直しは上手くいきませんでしたか」

家令から心配そうに声をかけられる。

「いいえ、大丈夫よ。上手くいったわ」

作り直した書類は、王宮で待機している間にベリテが届けてくれて、問題なく受理されたとの報告を受けていた。

「そうですか。よかったです」

イレーネの返事を聞いて、家令がほっとした表情でうなずいている。

「あなたにも心配をかけてしまったわね」

安心していいと家令に告げた。

「あの難しい書類を一晩で作り直せるとは、頼もしい限りです」

尊敬のまなざしでイレーネに言う。

「手助けをしてくださった方がいらしたのよ。やり方を完ぺきに習得できたから、次回からは問題なく提出できるわ」

難しい箇所を理解することができて期限内に作り直せたのは、ひとえにユリウスのおかげである。

（あんなに熱心に教えてくれたのに……）

書庫での講義を思い出す。

そして……そのあとに好きだとキスされた。恥ずかしさと感動を同時に覚え、イレーネの胸がときめいたのである。

（あれも恋人ごっこのひとつだったの？　でも……）

誰も見ていないところでそんなことをする必要はない。しかもそのあとすぐに、飽きてやめると言われてしまった。

遊び飽きた玩具《おもちゃ》をぽいっと捨てるように、ユリウスから別れを告げられたのである。

（いったいなんなの？）

イレーネにはユリウスの気持ちがわからない。

ただわかるのは、もうユリウスと恋人ごっこはできない。彼を支えるような親密な関係ではいられなくなったということである。

（それはそうよね……私は妻でも愛妾でもないのだもの……）

お互いの立場を守るための、策略上の関係だ。

そしてそれは、イレーネが最初に考えたことである。

（この策略は、成功したのよね……）

これからしばらくは、王宮で男女のあれこれに煩わされずにいられるし、フレイル伯爵家の運営もやりやすくなるだろう。

ユリウスも自分を振った未亡人にいつまでも固執するダメな王子として、しばらくは現状を維持できるに違いない。

収まるべきところに収まったということだ。

（これでいいのよ……）

そもそもユリウスとは身分が違う。下級貴族である男爵家出身の自分は、年上で未亡人でもある。本来なら若き王太子の恋人になれるわけがないのだ。

ユリウスは王太子としての力をつけたら、家柄のいい女性を妃や愛妾に迎えて本当の恋愛をし、いずれは国王となる。それが当然のなりゆきだ。

イレーネも彼との経験を活《い》かし、女伯爵としてこの家を守るために新たな相手をじっくり探せる。

（計画通りだと喜ぶべきなのかもしれないわね）

けれど、どうしても心の中に辛さがこみ上げてくる。

ユリウスのことを簡単に忘れることができない。

イレーネにだけ見せる凛々しい顔。イレーネにだけ優しくて、イレーネにだけ厳しくて、イレーネとだけ熱く交わるユリウスと、もう触れ合うこともないのだ。

それを想うと心がひどく痛み、手を胸元で握り締めてうつむいた。

しばらくすると……。

「ご主人さま、ご主人さま」

自分を呼ぶ声にはっとした。

（わたしのことだわ）

この屋敷の主人は自分であるが、いまだに慣れない。

「なあに？」

目に滲んだ涙を指で拭き取り、何事もなかったように返事をする。

「領地にある前伯爵さまの書斎で資料を探していた者から、このような手紙を発見したと書簡鳥が送ってまいりました」

手紙を差し出された。

王都のフレイル伯爵邸からフレイル湖のある領地までは、早馬でも二日以上かかる距離だ。しかしながら、書簡を運ぶ鳥を使うと半日もかからないので、急いでいる時のやりとりに使われている。

昨日イレーネが書類を戻されたことを家令に伝えてあったので、資料はないか領地に問い合わせをしてくれたらしい。

「私宛の手紙……伯爵さまからだわ」

急いで自室に戻って開封してみた。

『この手紙を読んでいるということは、私はすでにあの世に行ったということだ。もし、伝えきれていないことがあるといけないので、記しておく。まず、伯爵家の持つ領地について……』

領地やフレイル湖に関する納税書類の作成方法や、領地の治め方について記されていた。書類については、書庫でユリウスから教えられた方法とほぼ同じである。

「伯爵さま亡きあとはずっと王都にあるこの屋敷に詰めていたせいで、手紙に気づかなかったのだわ」

領地にある伯爵の書斎で納税の書類を作っていたら、きっとこの手紙に気づいたに違いない。

「とてもわかりやすく書いてある……」

ひとつひとつ用語の説明までしてくれていて、懇切丁寧に作成されていた。在りし日の伯爵の優しさを思い出し、胸がいっぱいになる。

感動しながら読み進めていったところ……。

『以上の内容でもしわからないことがあれば、ユリウス王太子殿下に教えを乞えばいい』

という箇所でドキッとする。

（ユリウス殿下に？）

『殿下には、あなたを助けてくれるようにお願いをしてある。それと、もしその時点で殿下がひとり身で、誰にも心を開いていなければ、あなたが寄り添ってあげてくれないだろうか。

彼は幼い頃から命を狙われている。陛下の愛妾が生んだ異母兄を後継者にしたいと画策する者たちがいるからだ。異母兄の周りは、私腹を肥やすことしか考えていない者が多い。もし彼らが実権を握ったらこの国を亡《ほろ》ぼすだろう。

国のため、伯爵家のためにも、ユリウス殿下には国王になってもらわなくてはならない。だが、母親である王妃を亡くし、自らも危険に晒され続けた彼の心はとても弱ってしまっている。私が彼の教師を始めた頃は、生きる気力さえも失っていたのだ。

なんとか元気になるように力を尽くし、周りの環境も整え、年月を経てようやく気持ちが前を向くようになった。

敵を欺《あざむ》くために気弱でダメな王太子を演じながら、裏では王太子として申し分のない知力と体力を得るように精進《しょうじん》されている。しかしながら、まだ十代の彼はとても不安定だ。私がこの世を去った後、どうなってしまうのか心配は尽きない。

そんな時、男爵家にいた不思議な強さを持つあなたに出会った。優しくて美しいあなたにはしなやかな強さがあり、老い先短い私が若返りたいと願うほど魅力的でした』

「まあ……」

伯爵の気持ちを知ってイレーネは頬を染める。

『歳が離れすぎているため、私の妻にすることを当初は諦めたが、ふと、あなたならユリウス殿下を明るい未来に導いてくれるのではないかと気づいた。いずれいなくなる私に代わって、彼を支えてくれるように願い、妻に迎えたのです』

「そんな事情があったなんて……」

『あなたは家のためとはいえ、老いぼれた私に嫁いだ。けれどその境遇を嘆くことなく気丈にふるまい、明るい生活をめざして奮闘してくれた。しかも、私が教える様々なことを熱心に学んでくれて、予想以上に素晴らしかった。あなたの前向きな姿勢と明るさは、殿下の良き支えとなってくれるに違いないと確信したのです。

いつか殿下があなたを愛するようになれば尚更《なおさら》よいのですが、そうでなくとも、友人として彼に寄り添ってあげてほしい。信頼できる者が増えれば、心身ともに安定するはずです。

もし殿下とともに危険な目に遭い、命を落としそうになったら、結婚の際に贈ったあの指輪の力を使うといい。

一度だけなら生き返れる。

このことを告げずにあの世へ行ってしまった時の為に、ここであなたにお願いしておく。

フレイル伯爵家やフレイル湖のことも重要だが、この国のためにユリウス殿下も支えてほしいのだ。頼む』

手が震えていたのか、最後の方はかなり文字が読みにくかった。病床にあった伯爵が、必死の思いで綴《つづ》ったのだろう。

「なんてことなの！」

手紙を読み終えたイレーネは、怒りながら椅子から立ち上がった。

（それならそうと、早くから言ってほしかったわ！）

部屋の外に出る。

「馬車を！　王宮に戻ります」

廊下にいた使用人に命じた。

「これからでございますか？　お帰りになったばかりではないですか」

聞きつけた家令が驚いてやってくる。

「なんだか胸騒ぎがするの」

屋敷の衣裳部屋へと急ぎながら答えた。

最後に見せた彼の表情を思い出すと、何かを諦めたような目をしていた気がする。あんな彼を、あの広くて人のいない王太子の間に、ひとりぼっちでいさせてはいけない。

少数の使用人しか信頼できる人間がいない生活なんて、厳しすぎる。

イレーネは数枚揃えてある喪服のドレスの中でも一番扇情的で色っぽいものに着替えると、馬車に乗り込んだ。

（飽きたなんて言わせないわ）

自分はどんな男でも堕《お》とす悪役伯爵夫人なのである。相手が王太子であろうと構わない。ユリウスからの中途半端な別れを撤廃させてやると、心に誓う。

（何もせずに終わるなんて嫌よ！）

夕闇が迫る時刻にイレーネの馬車は王宮に到着する。ユリウスの恋人ということが公認されているために、王宮の中へはすんなり入れた。

「レディ・イレーネ！」

王太子の間の前まで来ると、ベリテが走ってくる。

「戻って来てくださったのですね。ありがとうございます」

ほっとした表情を浮かべていた。

「殿下にお会いしたいのですが」

「書庫にいらっしゃいます」

「書庫？　寝ていなくても大丈夫なの？」

ベリテの答えに顔を顰める。

「力が入りにくくなっているので三日は安静にするようにと、医師から言い渡されているのですが、どうしても調べたいことがあると」

他の者は入ってくるなと厳しく命じたという。

「それなら、わたしも書庫へ行ってはいけないのでしょうね」

「入ってはいけないのは、ここで働く者のみです。イレーネさまはダメだとは命じられておりません。できましたら、殿下のご様子と、お休みになるように説得してくださいませんか」

「そうですね。あの状態で起き上がるなんて、よくないわ。ユリウスさまはこれまでも無理をしていらしたの？」

イレーネの質問に、ベリテは深くうなずいた。

「昔は無理ばかりされていました。けれど、フレイル伯爵さまがいらしてからは、ご自分を大切にするようになられていたのです」

「そう」

「また以前に戻られてしまわれたらどうしましょう。せっかく伯爵さまがお元気にしてくださったのに」

ベリテが顔を覆う。

「今は嘆いている時ではないでしょう？　とにかく行ってみるわ」

書庫に向かって廊下を足早に歩き出す。

夕闇に覆われ始めた王宮は、昼間とは雰囲気が違っている。宴のない夜の王宮は驚くほど静かだ。シャンデリアの灯《あか》りが照らす廊下は装飾品がキラキラときらめいているが、肖像画や彫刻は不気味な影を携えている。

書庫の廊下は別の世界へ繋がっているのではないかと思うほど妖しい。

（こんなところにひとりでいたら、おかしくなってしまうわ）

いくら勉強が好きだと言っても、病み上がりの身体を押して一人でいるところではない。そんなことを考えていたイレーネの目の端に、彫刻ではないものが揺らめいた。

（なに？）

廊下の分岐点で、反対側に人影が見える。

ユリウスかと思ったが、纏っているのは軍服だ。薄暮で見えにくいが、衛兵とは違う深い緑色に黄色のサッシュではないだろうか。

もしそうなら、あの色の軍服とサッシュを纏っているのは……。

「もしかして参謀補佐？」

デリク・ジョサイアに見える。あちらは王太子の間に面した庭に出る廊下だ。なぜ彼があそこにいるのか確認したいが、今はユリウスが先だとイレーネはまっすぐに進む。

「殿下！　ユリウス殿下！」

書庫の扉は開いていて、イレーネは彼の名を呼びながら中へ入った。隅々まで見て回ったけれど、彼の姿はない。キスをした奥の場所まで行ったが、気配すら感じられなかった。

（いったいどこへ？）

先ほど見たデリク・ジョサイアが頭に浮かぶ。

嫌な予感がする。

イレーネは踵を返し、書庫から走り出た。廊下の分岐点まで来ると、人影を見かけた方へ曲がり駆け出す。

（もしあれがデリク・ジョサイアなら……）

そもそも午前中にユリウスとイレーネが書斎にいることを知っているのは、ここで働く者のほかにはヤレス公爵しかいない。そのヤレス公爵からあの毒を持っていくように命じられた者がいるはずだ。

デリク・ジョサイアはもともとここで亡き王妃に仕えていたのだから、王太子の間や書庫について良く知っている。あの毒の入ったティーセットを置いて扉に閂をかけることも、彼なら容易《たやす》いに違いない。

ということは、もし先ほどの人影がデリク・ジョサイアで、彼が行った先にユリウスがいるとしたら……。

（ユリウスさまの身に危険が及ぶかもしれないわ！）

大変だと焦りながら廊下の先から庭に出た。

月明かりが照らす庭はしーんとしていて、微かに虫の声がする。王太子の間に続く小道には、誰の姿もなかった。デリク・ジョサイアだと思ったのは見間違いだったのだろうか。

王太子の間から漏れた灯りが庭を照らしている。寝室のカーテンは閉じられ、居間の窓の中にはベリテが衛兵と立っているのが見えた。

（ユリウスさまはいない。デリク・ジョサイアは？）

イレーネが庭に目を向ける。

すると、噴水のあるあたりで何か光った。

「なに？　あっ！」

光ったのは金色の頭髪である。

（金髪の男性？）

デリク・ジョサイアは黒髪で長身なので、あの身長ならユリウスに違いない。

走ってそこまで行くと、やはりユリウスだった。

「ユリウスさま！」

噴水の横で、白くてつるっとしたものを手にしている。

「何をなさっているの？」

不可解な行動に疑問を投げかけた。

「イレーネ……なぜここに？」

ユリウスが目を丸くして振り向く。

「戻ってきたのです。それより、どうしてそのポットを持っていらっしゃるの？」

ユリウスが両手で持っていたのは書庫に置かれていた陶器のティーポットだった。神経性の毒が入れられていたものである。

「うん。これはね……」

ユリウスは片腕でポットを抱えると、蓋に手をかけた。あの中には毒が入っているはずだ。もう冷めているとはいえ深く吸い込んだり飲んだりしたら、あっという間に死んでしまうのではないか。

「だ、だめ、開けてはだめよ！」

走り寄ったイレーネはユリウスからポットを奪い取った。

「あ……」

「いったいどこからこれを持ってきたの？　毒が入っているのよ？　もしかして、これで命を絶とうと思っていたの？　そんなのだめです！　絶対にだめ！」

ポットを抱えると、イレーネはユリウスを叱責する。

「いや、あの……」

ユリウスが戸惑い顔をイレーネに向けた。

「先ほど、デリク・ジョサイアを見ましたけれど、彼から渡されたのですか？」

イレーネは睨みながら問いかける。

「デリク・ジョサイア？　……いや、ここにはいないよ。それに、そこには毒など入っていない。空《から》だよ」

「空？」

驚いて蓋を開け、噴水の近くにある灯籠《とうろう》にかざしてみる。

ユリウスが言っていたとおり、中には何も入っていなかった。

「このポットについて調べたいことがあったんだ」

「調べもの……。わたしはてっきり、ユリウスさまがご自害をなさろうとしたのかと……」

「僕が？」

一瞬驚いた表情になったが、すぐに薄い笑みを浮かべた。

「まあ、それもいいかもしれないな……」

ぶっきらぼうにつぶやく。

「なにをおっしゃるのです」

厳しい口調でユリウスを咎める。

「生きていても楽しくない」

むっとして返された。

「殿下はまだお若いわ。生きていれば、これからたくさん楽しいことがあります」

「楽しいことなんて……ないよ。これまでだって、唯一好きになった女性は人妻で、僕など眼中になかった」

しゅんとしてうつむいている。

（そんな方がいらっしゃったの？）

ユリウスに意中の女性がいたことに、イレーネは大きな衝撃を受けた。

（もしかしたらわたしとのことも、好きだった女性の代わりだった？）

考えてみたら、ユリウスは女性の扱いが上手だった。好きだった女性から手ほどきを受けていたからかもしれない。

そして書庫でのキスで、イレーネではその女性の代わりにならないと感じ、別れを言い渡したのだとしたら……。

愕然《がくぜん》として倒れてしまいそうになったが……。

（もしそうだとしてもくじけてはいけないわ。だってわたしは、殿下を支えると心に決めてここまで来たのだから……）

ぐっと堪えてイレーネは作り笑いを浮かべた。

「そ、その方には、告白はなさったの？」

イレーネの問いかけに、ユリウスはすぐさま首を振る。

「まあ、まだ何もしていないの？」

やはり十七歳だ。そういうところは奥手なのだろう。

「何もしてないわけではないけど……心がないのでは空《むな》しいだけだ」

はあ……とため息をついている。

「そこまで想う方なのね……」

彼に好きな女性がいるのは衝撃だが、その女性はユリウスにとって唯一の生きる希望なのではないだろうか。ユリウスが気力を取り戻し、未来の国王としてやっていってくれるのなら、イレーネは二人を応援しなくてはならないと思う。

「その方に告白なさればいいわ。わたし、お手伝いいたします」

「いや、無駄だからいい」

手のひらをこちらに向けて制止した。

「でも、一度も告白なさっていないのでしょう?」

「まあ、そうだけど」

つまらなそうに返される。

「それなら告白するべきですわ。戦わずして負けるなんて、だめです! 幸せは自分で掴《つか》み取りにいかなくては!」

こぶしを握り締め、力強く主張した。そんなイレーネを見て、ユリウスから苦笑のような笑顔を向けられる。

「君のそういうところが素敵だ。おそらく伯爵も、君の強さと優しさを愛したのだろう。……僕も、同じだよ」

まっすぐにイレーネを見つめた。

「え? あ、ありがとうございます」

褒められたらしいので、とりあえずお礼を口にする。

「とにかく、わたしのことよりもユリウスさまの好きな方のことですわ。いったいどこのどなたなのですか? 人妻でもその方とお話をしてみないとわかりませんわ」

貴族の場合、政略結婚で結婚生活が上手くいっていないことが多々ある。ユリウスとの結婚で王太子妃になれるとなれば、離婚を受け入れてくれるかもしれない。相手の夫だって、地位や領地などを条件にすれば、妻をユリウスに譲ってくれる可能性もある。

「だから、僕も同じだと、今言ったよね？」

ユリウスが口を尖らせた。

「はい？」

同じとはどういうことだろう。これまでの会話をたぐりよせると、ユリウスは伯爵と同じと言っていたのだが……。

（どういうこと？）

「君は人妻で、結婚相手をずっと愛しているのだろう？」

イレーネの顔をまっすぐに見て質問してきた。

「わ、わ、わたし？　え？　わたし？」

自分を指差して、イレーネは問い返す。

「とぼけているの？　僕と関係している人妻なんて、君以外にいないじゃないか」

恐い目で見据えられた。

「そ、そ、それは、そうですけれど、でも、わたしは、あの、人妻というよりも、もう未亡人だから……」

人妻だったのは過去のことである。

「今でも喪に服すくらい伯爵を愛しているんだろう?」

「もちろんそうですけど、でもそれは……恋愛とかではなくて……」

(好きな女性って、わたしなの?)

突然のことにわたわたしてしまう。

「いいよべつに、僕に気を遣わなくていい。君に相手にされるような男じゃないことくらい、わかっている」

ぷいっと横を向いた。

「本当にわたしのことなのですか? からかっているのではなく?」

ユリウスの横顔に向かって訊《たず》ねる。

「こんなことで人をからかうような男に見えるのか?」

青筋を立てて横目で睨まれた。

「いいえ、思っておりません。でも、わたしがユリウスさまを想っているように想われているなんて、信じられなくて」

どうしてもピンとこない。

「違うよ。僕は君を恋人として愛している。君の偽りの恋と一緒にしないでくれ」

「わたしも恋人として愛しているわ!」

負けじと言い返す。

「は？」

ユリウスは片眉を上げてイレーネを横目で見た。

「もう僕を好きだという芝居はしなくていい。それとも、僕を王太子として励ますための新たな嘘か？」

イレーネの告白をまったく信じてくれていない。

「嘘ではないわ。わたし、ユリウスさまが好きだもの。愛しているわ」

「少し前まで、僕が他の女性を好きだと思って応援していたじゃないか」

厳しく指摘される。

「だって、年上で未亡人のわたしでは、ユリウスさまのことをいくら好きでも諦めるしかないと思っていたのですもの」

首を振って訴えた。

「信じられないね。君は嘘つきだし」

「ユリウスさまほど嘘つきじゃないわ。どうしても信じてくださらないのなら！」

「なんだ？」

イレーネはポットを抱えていないほうの手で、ユリウスの手首を掴んだ。

「来て！」

強引に歩き出す。

「わ、ちょっと、僕はまだ力が入らないんだ」

「それは都合がいいわ」

足を止めずに返すと、イレーネは王太子の間に向かった。

「あらまあ、殿下とレディ・イレーネ」

王太子の間にいたベリテが目を丸くしながら、庭側の窓扉から入ってきた二人を見る。

「これから殿下と愛を確かめたいの」

ユリウスの身体を長椅子の方へ押しやった。

「あ、はい、かしこまりました」

イレーネの言葉の意味を悟ったベリテは、居間にいた護衛たちとともに部屋の出口へと向かう。

「あ、おい、おまえたち！　僕はそんな気はない！」

長椅子に腰を下ろす形になったユリウスが訴える。

「わたしはその気だからいいのよ」

ポットをテーブルに置くと、ユリウスの方へ向き直った。

「わ、イレーネ！」

彼の目の前でドレスの胸元をはだける。

「何をして！　や、やめろ！　おい、誰か！」

ユリウスが叫ぶが、誰も居間に入って来ない。

これまで二人はずっとこんなふうに周りを欺いていたので、いつものことでどうせこれからお楽しみだろうと取り合ってくれないのだ。

「イレーネ、いったいどうした……んぷっ」

長椅子に座らせたユリウスの顔に、イレーネは露わにした乳房を押し付ける。

「ねえ、ユリウスさま。わたしのこれ、好きでしょう」

乳房を両手で支えて、彼の顔を挟んだ。

「だ……から、もう……こういうことは、終わりに、わっ」

開いたユリウスの口に、イレーネは強引に乳首を押し込む。

「ん……んんんっ」

「ほら、ユリウスさまのお口に入ってしまったわよ?」

乳房を頬張《ほおば》らされたユリウスは目を見開く。

「いつものように吸ったり舐めたりしていいのよ」

反論できない相手に囁く。

「は……う……」

観念したのか、ユリウスの口の中で舌が動き出す。イレーネの乳房を舐め、乳首を転がした。

「あ、ああ、そうよ。上手だわ」

イレーネは伝わる快感に悶えながら褒める。

「ん……はぁ、何を、するんだ」

横を向いて乳房から逃れたユリウスが抗議の言葉を発した。

「まだ大したことはしていないわ……」

このくらいのことはいつもしている。

「本当に、力が入らないんだ……だからもうやめてくれ」

「嘘つきなユリウスさまの言葉なんて信じないわ」

「嘘ではない」

「わたしのことも信じてくれないんですもの、証明しなくちゃいけないでしょ？」

イレーネはユリウスの下半身に手を伸ばし、下衣を留めている紐《ひも》を解き始める。

「そ、そこは、しなくていい、だめだ」

慌ててイレーネの手を掴むが、止めさせるほどの力は入らないらしい。イレーネの意のままにユリウスの下衣から男根が取り出される。

「まあ……力が入らないなんて、嘘つきね」

ユリウスの男根は、少し芯が入っている半勃ちの状態で現れた。

もっと萎《な》えていると思っていたので、予想外の大きさである。

「でも、いつもより小さくてかわいい」

イレーネはユリウスの竿を握り締めた。

「うっ、恥ずかしいから、もうやめてくれ……それ以上は……無理だ」

赤くなりながらユリウスが懇願する。

「それも演技？」

「違う。本当に……あっ、し、扱くのは……」

竿を握った手を動かし始めたイレーネを止めようとする。

「どうしてだめなの？　だんだん大きくなってきたわよ？」

「そんなことない……気のせいだ……」

「そうかしら？　でも、いつもに比べると元気が足りないわね」

つまらなそうにつぶやくと、イレーネは長椅子から降りて床に膝をついた。

「もう、そのくらいで、終わりにしてくれ」

赤い顔でユリウスが訴える。

「だめよ、これでは挿れられないもの」

イレーネは床に膝立ちになり、ユリウスの両膝の間に割って入った。軽く勃起したユリウスの熱棒を、イレーネは胸の谷間にいざなう。

「わ、ま、まて、それをそこに挟むのかっ」

両乳房の間に竿を挟まれたユリウスが慌てている。

「ほら、こうすると、気持ちいいのよ」

乳房を動かし挟んだ熱棒を擦り始めた。

「あ、あ、それは、知っているけど、はぁ、だめだ、そんなにしたら……」

以前庭の東屋《あずまや》で、ユリウスからこれをしろと命じられたことがある。あの時は初めてだし恥ずかしいしで、あまり上手くできなかったように思う。

二度目の今日は、ユリウスが喘ぐほどイレーネの乳房で淫猥に扱けた。

「感じるのね。長くなって、頭が出ているわ」

胸の谷間からユリウスの亀頭が顔を出す。先走りの精で濡れていて、ぬらぬらと光っていた。

「かわいいわ」

自分の胸で擦られただけで完全勃起した彼がとても愛《いと》しい。

思わず亀頭に口づける。

「ああっ、イレーネ、そんなことをしたら……達《い》ってしまうよ」

半分悲鳴のような声が耳に届く。

「だめよ。まだ達ってはだめ」

ユリウスの男根を乳房から解放する。

「ねえ、ユリウスさま。こんなに恥ずかしいことを好きでもない方にできると思います？」

真っ赤になって息を乱すユリウスを見上げた。

「僕を好き……？」

「ええ。大好きよ」

官能に溺れた表情をしたユリウスの頬に口づける。ユリウスはそれに応えるようにイレーネを強く抱きしめた。

「イレーネ、イレーネ、お願いだ。君に挿入《はい》りたい」

「どうして？」

「君が……好きだから、我慢ができない」

「わたしもよ……」

ユリウスは承諾したイレーネを長椅子へと押し倒す。余裕のない動きでイレーネのドロワを脱がせ、秘部へ自身を押し付けた。

淫らな行為を自ら仕掛けたせいなのか、イレーネのそこはすでに濡れている。

淫唇を割ってぐいぐいユリウスが進んできた。

「ああっ、い、いい……」

ほとんど馴染ませることもせずに挿れられたが、衝撃よりも快感の方が強い。かなり高まっているユリウスは、イレーネの乳房に顔を埋めながら腰を動かし始める。

「こんなこと、僕としか、したくない？」

「そうよ、あなただけ、あんっ、奥、熱い、ああ感じる」

「僕だから感じるの？」

「そう……こんなに、恥ずかしい姿でも……ユリウスさまだから……できるのよ」

胸をはだけ仰向けで足を大きく開き、ガーターベルトだけで露わになった乙女の秘部に男根を突き挿れられるのが悦いのは、相手が好きな男性だからだ。

「僕も、君だからこんな状態でも、その気になれたんだ」

「……嬉しい」

イレーネはユリウスに抱き着く。

ぐっと結合が深まると、ユリウスは感極まったような声を発して痙攣した。

「あああっ、中が……」

熱い精がイレーネに注がれる。

「ああだめだ、止まらない」

ユリウスは何度もイレーネの中に吐精した。

「は、あ、中が、灼ける、溢れて……はあぁ」

吐精のさなか、あられもなく喘ぎながらイレーネも絶頂に達したのだった。

「ほら、ねえ。こんなにわたしに出したのよ」

身体を起こしたイレーネは、ユリウスの手を秘部にいざなう。淫唇からユリウスの精がしたたり落ちていた。

「はぁ、はあ……君に、誘惑されたら、堪えられるわけ、ないだろ」

息を乱しながらユリウスに言い返される。

「わたし、こんなことをしたいと思うのはあなただけよ。伯爵はお爺さまのような存在だから、違う次元で愛しているの。わかってくださる？」

「……うん……」

観念したようにうなずいた。

「実はね、伯爵からユリウスさまの力になってくれと遺言されていたの。でも、遺言がなくてもわたしはあなたが好きだから、あなたが本当に飽きるまで一緒にいるわ」

力強く言い放つ。

「僕が君に飽きることはないよ。でも……」

ユリウスは表情を曇らせてイレーネを見つめた。

「どうしたの？　なんでもわたしに相談していいのよ」

「僕は命を狙われている。一緒にいたら君も危険な目に遭うだろう」

悲しげにユリウスが目を伏せる。

「命が狙われているからどうなの？」

「どうって、いずれ僕は死ぬかもしれない。君も僕の巻き添えで、命を落としてしまう可能性がある。僕は愛するひとを危険に晒すようなことはしたくない。だから君とは、一緒にいない方がいいんだ」

うなだれてユリウスが答えた。

「戦わないの？」

首をかしげてイレーネはユリウスの顔を見る。

「え？」

驚いた顔を返された。

「戦わないで死ぬのを待つだけなんて、わたしは嫌だわ！」

強い口調で訴える。

「それは僕もそうだけれど、味方がいなければ勝てない」

首を振ってイレーネの言葉を否定した。

「いるわよ。わたしもベリテもここにいる衛兵たちも、味方だわ」

「たったそれだけだ」

呆れ顔でつぶやく。

「今はたったそれだけでも、これからは違うわ」

「なぜそう言い切れる？」

怪訝な表情でユリウスが返す。

「だって、この国の次の王に相応しいのはユリウスさまだもの」

誇らしげに宣言した。

「そうかなあ……」

そんな理由で勝てるのだろうかという目でイレーネを見ている。

「そうよ。皆の前で本当のユリウスさまを見せれば、誰よりも王に相応しいとわかってくれるわ。国のためを思う人たちは、私利私欲に走る人たちよりもたくさんいるのよ。相手よりも味方を増やせば、戦いに負けることはないわ」

イレーネは力強く訴えた。

「君はすごいな……。聞いているだけでやれる気がしてくる」

少し驚いた表情でイレーネを見つめる。

「強い気持ちと勇気と努力があれば、望みは叶います」

「わかった。君がいれば千人の家臣を手に入れたようなものだな」

「そ、そこまで力はないけれど、ユリウスさまの望みが叶うように、わたしも精いっぱいお手伝いいたします」

「ありがとう。やってみるよ」

「よかった。そういえば、あのポットはどうして持っていたの？」

ほっとしたイレーネは新たな疑問を口にした。

「ああ、あれは……次の貴族院会議でわかるよ」

それまで楽しみに待っていてくれと言われる。

第七章　王太子の逆襲と求婚

翌月の上級貴族院会議。

謁見《えっけん》の間はいつも通りの風景だ。

上席の壁際にヤレス公爵が足を組んで座っていて、取り巻きの貴族と話をしている。

大臣たちは宰相と談笑し、年寄りの貴族たちは腰痛と病気自慢で盛り上がっていた。

イレーネはいつも通り黒レースの喪服ドレスを纏い、会議に使われている謁見の間の末席に座っている。イレーネの前にいる老人貴族たちは耳が遠いらしく、声が大きいので話し声が丸聞こえだ。

「国王陛下と王太子殿下がいらっしゃいました」

王族専用の入口から豪華な衣装を纏った国王と王太子のユリウスが現れる。

「ん……？」

初めに異変に気付いたのはヤレス公爵だった。奇妙なものを見るような目をユリウスに向けると、横にいたとりまきにひそひそと耳打ちをしている。取り巻きもユリウスを見て首をかしげた。

「殿下は背が伸びたのかのう？」

老人貴族が不思議そうにつぶやいた。

「そういえば、いつもより高いような？」

「ああ、歩き方が違うんじゃな。背筋が伸びておる」

その言葉に老人貴族たちはうなずいた。

「あんな風に堂々と歩く殿下を見たのは初めてじゃな」

壇上を歩くユリウスに一同が驚いている。

「ほう、こちらを向いた殿下には、どこか威厳があるのう」

いつもと同じ王太子の装いであるが、顔つきがキリッとしていた。

「今日は偉そうだな……」

ヤレス公爵が聞こえよがしにつぶやく。いつもならそこでユリウスが委縮《いしゅく》し、公爵と取り巻きが嘲笑を浮かべるのだが……。

ユリウスは臆するどころかヤレス公爵に鋭い視線を送った。

「公爵を見返したぞ」

誰かが小声で言う。

「ふ、ふん」

ヤレス公爵はユリウスの視線から逃げるように横を向いた。

「おや、これはこれは」

「珍しい光景ですな」

老人貴族たちは、いつもと違う展開に楽しそうである。他の貴族たちは、いったい何が起こるのかとざわついていた。

(ユリウスさまその調子よ!)

イレーネは心の中で声援を送る。

「お静かに!　会議を開催いたしますぞ」

宰相が一喝《いっかつ》した。

会議は前回の持越し議案から始まり、いつも通りの進行で進んでいく。けれども、時折ユリウスから的確な質問と意見が挟まれる点が、いつもとは大きく違っている。

「商人から武器を購入する議案については、賛成できない」

しかもユリウスはダメ出しもした。

「ですが、国内で製造するのと同等のものを、武器商人からは半額に近い価格で購入できるのでございます」

通商省の大臣が答える。

「従来の予算で二倍の軍備が整えられるので、軍事費の削減に繋がります」

軍事担当の大臣が付け加えた。

「それはわかる。だが、ここで商人から購入したら、国内の武器製造業はどうなる？　不必要となり閉鎖になるのではないか？」

「ええ」

産業省の大臣がうなずく。

「武器製造技術を持った職人は職を失い、仕事を変えるか国外で働くことになる」

「そうなりますね……」

ユリウスの意見に労働大臣が同意する。

「戦《いくさ》のない現在は問題ないかもしれないが、もし有事となった際、商人たちは同じ値段で取引をすると思うか？」

「そ、それは……」

ユリウスの問いかけに大臣たちが顔色を変えた。

「武器は消耗品だ。戦となれば大量に必要となる。当然値段は上がるだろう。我が国の武器製造の能力が低ければ、商人たちは他より更に高い値段を提示してくるはずだ」

「確かに……」

宰相が同意した。

「そしてもし商人たちが相手国と通じていたとしたら、武器を高額で購入することさえできなくなるのではないか？」

「その可能性は高いな」

　国王がうなずいている。

「慌てて国内で製造をしようとしても、技術も工場もなく職人もいなければ無理だ。なんとか再開できたとしても、古い型の武器しか造れない」

　ユリウスの言葉に大臣たちは顔を青ざめさせている。

「近年大きな戦《いくさ》がなかったせいで我々は経済を優先しがちであったな。とにかくこの件は却下することにしよう」

　国王がユリウスの意見を支持すると、大臣たちも皆同意を示した。

「殿下は人が変わったようだ」

「これまで国政にご興味はないご様子じゃったのに」

「国王陛下も目を丸くしておいでだ」

　ユリウスの変わりように、皆が驚いている。

（これが本来のユリウスさまだもの）

　イレーネはしたり顔で彼を見つめた。視線に気づいたのか、こちらに向けてユリウスがウインクをしてくる。

（あら……）

　彼の余裕に頼もしさを感じた。

「ふん、ずいぶんと偉そうになったが、熱でも出たのか？」

上席で会議を眺めていたヤレス公爵が、いつも以上にきつい視線でユリウスを見ている。これまでのユリウスなら、ヤレス公爵から見られただけで青ざめていた。だが今日は動揺することなく国王の隣で腕を組み、自分の意見を発表している。

ユリウスの様子を見て、ヤレス公爵は眉間に皺を寄せた。これまで従順だった飼い犬から裏切られたような表情をしている。

「なぜあんなに変わったんだ？」

不快そうに取り巻きへ問いかけた。

「前回とは別人ですね」

「何かあったのでしょうか」

取り巻きたちもわけがわからないという表情をしている。ヤレス公爵たちがひそひそと囁き合うのを、ユリウスは我関せずという表情で無視していた。

「では、今月の会議はこれにて終了でよろしいでしょうか」

宰相が閉会の言葉を口にする。

「待ってくれ。あと二つほど重大な議題がある」

ユリウスが口を挟んで国王に顔を向けた。

「よろしいでしょうか」

「よいぞ」

わかっているとばかりに国王がうなずくと、ユリウスは立ち上がる。

「先月提出させた納税書類について精査したところ、会計処理に不審な点を発見した」

「なんですと？」

一同がどよめいた。

（わたしがユリウスさまに教えてもらって作成したあれね）

あのあと、ユリウスは全ての提出書類の審査を宰相とともにやっていた。イレーネもその姿を目にしている。

「こちらです」

宰相が持ってきた書類がそれぞれに配られた。

「前年と比べて、どこも変わりなく作成されている。だが、ヤレス公爵領の領地と領民の数がここ数年、ずっと同じだ」

「私の領地？　ずっと変わっていないが？」

ヤレス公爵がむっとして言い返す。

「公爵夫人が領地を相続しているのをご存知ございませんか？」

宰相が小声で告げる。

「ミランダが？」

「五年ほど前にご実家の侯爵家から、こちらの領地を相続なさっています。そのまま相続されますと、相続税で領地の三分の一を国庫に入れなくてはなりませんが」

領地の相続は広さによって課税が変わる。そのため、無税になる広さにするため五等分して、数年に分けて相続したらしい。

「なるほどな。だが、分けて相続するのは合法だろう？」

何が悪いというふうにヤレス公爵が言い返した。

「もちろんそうでございます。ですが、ヤレス公爵さまの領地として相続なさっているのに、広さが変わっておりません。作成を依頼された財務省に届けがないのです」

「ああ、そういうことか。うっかり失念していたんだよ。訂正して追徴金を払えばいいんだろ。そんなこと、ここでやらずに事前に言ってくれてもいいんじゃないか。私は元王族だぞ」

ユリウスを睨みつけた。

元王子で異母兄でもある自分を皆の前で貶《おとし》めるようなことをされ、怒り心頭という顔をしている。

「問題は税金逃れだけではない」

ヤレス公爵にユリウスが言い返す。

「どういうことだ？」

（これ以上何があるのかしら）

ヤレス公爵だけでなくイレーネも首をかしげた。彼女も公爵の領地の相続問題以外のことは聞かされていなかったのである。

「相続前となっている空白の領地に、違法な植物が栽培されているのを発見した。神経性の毒を持っていて、我が国では栽培が禁じられているものだ」

「なんだって?」

公爵が驚愕の表情を浮かべて聞き返した。演技とは思えぬ表情をしている。

「先月、その草から抽出された毒の入ったお茶のポットが、書庫にいた僕に届けられた」

冷静な表情と声でユリウスが告げた。

「ち、ちょっとまってくれ、この私が弟のお前に毒を盛ったと言いたいのか?」

中腰になってヤレス公爵が問いかける。

「違うんですか」

白々しいという目でユリウスが見返す。

「と、当然だ、そんなこと、するわけないだろ!」

語気を荒げて否定した。

「でも、そのポットを持って行けと、あなたに命じられた者がいるのですよ」

ユリウスが扉の方へ視線を移す。

会議場の扉がゆっくりと開き、背の高い軍人が姿を現した。

「デリク・ジョサイア！」

（なぜ？　あの方はユリウスさまを裏切ってヤレス公爵についたのでは？）

驚きと戸惑いの目でイレーネは彼を見つめた。

「おまえは俺の味方ではなかったのか？」

イレーネと同じことをヤレス公爵が口にする。

「自分はずっと、亡き王妃さまの従者です。ですから今は、その方の御子であるユリウスさまの従者です」

しれっとデリク・ジョサイアは答えた。

「ユリウスでは頼りないから、出世のために私を王太子にするべく働くと申したではないか……あわわ」

「王太子の座を狙っていたと？」

国王の言葉にヤレス公爵は口を閉ざす。

「デリク・ジョサイアは裏切ったと見せかけて、僕を狙う者たちを調べていたのだよ。そして、今回の毒が動かぬ証拠となった」

（ユリウスさまのために、彼は二重スパイのようなことをしていたのね）

裏切ったのではないことにほっとする。イレーネに知らせてくれなかったのは、二重スパイという秘密を極力守るためなのだろう。

「んぐぐ」

何も言えずヤレス公爵は口をへの字に曲げている。

「それは本当なのか」

国王がヤレス公爵に厳しい表情で詰問した。

「私はこの者に、お、王太子になりたいとは言いましたが……」

ヤレス公爵はばつが悪そうに下を向いた。

「そうか……。おまえは庶子《しょし》であるから、後継ぎになれないことを納得していたと思っていたのだが……」

残念そうにため息をつく。

「だがしかし、これは国の掟《おきて》だ。それを曲げようとして弟の命を狙うとは、許しがたいことであるぞ！」

国王が強い口調でヤレス公爵を叱責する。

「わ、私は、王太子になりたいと思っていましたが、命は狙っておりません。弟の命を奪ってまでなる気はない！」

口髪がなびくほどブルブルと首を横に振った。

「だがこの毒は隠し領地で栽培されたものだし、あのポットもお前の屋敷にあったものだという調べがついている」

ユリウスが言う。

「ポットは一点物で、同じものが描かれている肖像画がヤレス公爵邸にございました。画家のダービットの筆によるものです」

ポットと毒はヤレス公爵に関係するものだということを、二重スパイであるデリク・ジョサイアが続いて証言したのである。

(そういうことだったのね)

以前ポットのことを質問した際に、真相は今日の会議で分かるとユリウスが答えた。このことなのだと納得する。

「ち、違う、私は毒など盛っていない。ポットの中は下剤だと聞いていたから、嫌がらせのためにデリク・ジョサイアに持って行かせたのだ」

必死の形相でヤレス公爵が訴えた。

「自分もそれを信じて持って行きました。下剤くらいなら命に係《かか》わることはないし、ユリウス殿下は見知らぬポットからお茶を飲むこともございません。まさか神経毒が入っていて、私が運んでいるうちにポットの中でゆっくりと抽出されていたとは……」

もう少し遅い歩調で運んでいたら、デリク・ジョサイアもその毒を吸いこんでいたかもしれないのだ。味方さえも危険な目に遭わせる卑劣さに、皆がヤレス公爵に怪訝な視線を送る。いつの間にか彼の取り巻きは周りから姿を消していた。

「嘘じゃない。私は下剤だと思っていたんだ！」

顔を引き攣らせてヤレス公爵が首を振る。

「往生際が悪い。もし下剤と思っていたとしても悪質すぎる嫌がらせだ。しばらく西の塔で頭を冷やしなさい。おい！」

国王が命じると、衛兵がヤレス公爵の両脇を抱えた。西の塔とは、上級貴族を収監する牢《ろう》である。

「本当なんだ。脅して王太子の座から降りてくれればそれでよかったんだ。私は毒など盛っていない！」

叫ぶヤレス公爵を、衛兵が会議場から引きずり出した。

「なんということだ。弟の命を狙うとは……」

眉を八の字にして国王が嘆く。

「おまえにはずいぶん辛い思いをさせたな。あそこまで非道なことをするとは、思ってもみなかった」

ユリウスに国王が謝罪する。

「いいえ。僕も勇気がなくて、この問題に対峙《たいじ》せず逃げてばかりいました」

それがヤレスを増長させ、嫌がらせがエスカレートしていった要因のひとつだったのかもしれないと国王に告げた。

「成長したな」

目を細めてユリウスを見る。

「これで一件落着ですな。では上級貴族院会議を閉会いたしましょう」

ほっとした表情で宰相が言う。

「いえ、まだもう一件あります」

ユリウスが急いで宰相を遮った。

「そういえば二件あると言っていたな。なんだ？」

国王が向き直る。

「妃を娶ることにいたしました」

胸を張ってユリウスが答えた。

「なんと！」

宰相がのけぞる。

「ほう、どこの誰だ？　ここにいる者たちの令嬢のひとりか？」

国王が会議場を見渡した。

「ここにはおりますが、令嬢ではありません。この一番後ろの席にいるフレイル伯爵の未亡人、レディ・イレーネです」

「未亡人？」

国王が怪訝な表情を浮かべる。

「と、年上の未亡人を、お、王太子妃になさるとおっしゃるのですか？」

宰相が慌てて質問した。

「はい。僕の妃は彼女しか考えられません」

ユリウスの答えに、会議場にいる上級貴族のほとんどが呆れた表情を浮かべている。

「しっかりなさったと思ったが、相変わらず未亡人の尻を追いかけているのか」

「やはりまだ子どもですな」

嘲笑まじりの囁きが聞こえてきた。

「どうしてそう思ったのだ？」

国王がユリウスに問いかける。

「僕が前に踏み出せたのは彼女のおかげです。イレーネが、戦わずして負けてどうするのかと叱咤《しった》してくれたからこそ、僕は前向きになれました。この世で心から信頼し、心身共に愛せるのはイレーネしかいません。そして彼女となら、このベルンドルフ王国を素晴らしい未来へ導けると確信したのです」

（ユリウスさまがそこまでわたしを？）

彼の気持ちはたまらなく嬉しいものだ。だが、イレーネも宰相や他の貴族たちと同じく、自分は妃には相応しくないと思う。

愛妾や友人として彼に寄り添えればいいと考えていた。

「イレーネは未亡人とはいえ、年の離れたフレイル伯爵の養女のようなものです。伯爵からも、将来の僕の伴侶として娶ったという遺言に近い手紙を貰っていました」

ユリウスがフレイル伯爵直筆の手紙をかざした。

（伯爵さまはユリウスさまにも遺言をしていたのね）

イレーネにはユリウスに寄り添ってほしい旨の手紙が残されていたが、ユリウスへはイレーネを伴侶にと願っていたようだ。

ユリウスの持つ手紙の字も震えているので本物に違いない。

「ということは、当初からフレイル伯爵は、レディ・イレーネを男爵家から女伯爵に身分を上げて、殿下の妃にするよう画策なさっていたのですか」

宰相の質問に、ユリウスはそうだとはっきり答えた。

「我が国の水は、フレイル伯爵領にあるフレイル湖に大きく依存している。そこの管理を怠れば、国中に多大な影響を及ぼすだろう。そういう危険を孕んだ土地を、女伯爵ひとりに任せるのも不安がある」

ゆっくりとした口調でユリウスが説明する。

「ふむ、それはそうだな。以前からそのことは宰相たちと話し合っていた」

国王がうなずく。

「今まではフレイル伯爵がしっかり管理してくださっておりましたが、申し訳ないですが女性ひとりでは、不安は否めませんな」

宰相が難しい顔で告げた。

「そうですよね？　とはいえ、何の落ち度もない女伯爵からフレイル湖を召上げるわけにはいかない。それなら、イレーネを僕の妃《きさき》とすることで、王家と共同管理という形にすれば異議はないはずだ」

どうだ、という目でユリウスがイレーネを見た。

「それは……」

確かに湖の管理は大変だ。国の為になるのなら、ベルンドルフ王家との共同管理は願ってもないことかもしれない。しかしながら、そのためにイレーネが王太子妃になるというのは、また別の問題だ。

「そうですな。フレイル湖が王家直轄になれば安心だ」

「殿下が早々に身を固めて後継ぎを作ってくれるなら、悪くない話だ」

「未亡人とはいえ、まだ二十歳で、確かに美しさは宮廷一だしな」

宰相以下、上級貴族たちが続々と賛同し始める。

「父上、イレーネを王太子妃にすることをお認めください」

ユリウスが膝をついて国王に請願する。

「国のためなら致し方あるまい」

国王が承認した。
イレーネの困惑を置き去りにして、王太子妃になる話がどんどん進んでいく。

第八章　ラスボスと死の戦い

「それでは、満場一致ということで、イレーネ・ハルム・フレイルさまをユリウス王太子殿下のお妃さまとして、上級貴族院会議で承認いたします」

宰相が高らかに宣言する。

「うむ。異議はない」

国王もうなずいた。

「ありがとうございます」

ユリウスが国王へ深々と頭を下げる。

「え？　あの……」

イレーネの意見を聞くことなく、王太子妃になることが決定してしまった。

（そんな！）

「よかったよかった」

「見かけは、はすっぱだが、しっかりしているようだし」

「殿下より年上とはいえ女伯爵はまだまだ若い。子どももたくさん産めるだろう」

「あの色っぽさをこれからも独占できるとは、殿下が羨ましい限りだ」

「彼女も殿下を閨で楽しそうに指導しておったようだしな」

「積極的でしたからなあ。王太子妃になれて本望でしょう」

大臣や上級貴族たちが二人のことを話しながら、会議場から出ていく。

イレーネが積極的にユリウスに迫っていたので、王太子妃になることに異存はないと誰もが思っているようだ。

(違うわ。わたしがユリウスさまを誘惑していたのは見せかけだけなのよ！)

心の中で叫ぶが、口に出しては言えないことである。イレーネは会議場から出ると、廊下の向こうにユリウスを発見した。王族用の出入り口からこちらに回ってきたようである。

「ユリウスさま！　わたしが王太子妃だなんて、無謀すぎます」

廊下を小走りに歩き、イレーネはユリウスに抗議した。

「君は先日、僕をずっと支えてくれると言ったよね？」

何を言っているんだい？　というような口調で返される。

「ええ。でもそれは恋人か友人としてよ。わたしは男爵家の出身だから、お妃になれるような身分ではないわ」

「今は女伯爵だから、身分に関しては問題ないよ」

気にすることはないという。

「わたしは未亡人なのよ？」

夫を亡くした女が王太子の妃になるなんて、聞いたことがない。

「そういえばそうだな」

ユリウスはイレーネの訴えを聞くと、天井に視線を向けて考え込んだ。

（わたしが未亡人だということをお忘れだったの？　これで王太子妃にするには不適当だと気づいたかしら）

イレーネはすぐさまそう思ったが……。

「そうだね。婚礼は伯爵の一周忌が過ぎてからにしよう」

ユリウスの答えはイレーネの予想とは違っていた。

「一周忌は、あと二ヶ月足らずよ？」

「うん。それでは急いで用意をしなくてはならないね。二ヶ月なんてすぐだ」

真面目な顔で返される。

「本気なの？」

「もちろん本気だよ」

こくりとユリウスがうなずく。

「わたしはフレイル伯爵家を守るために、後継ぎを作らなくてはならないわ。王太子妃にはなれないのよ」

一番の問題点をユリウスに突きつける。

「後継ぎのために他の男と一緒になるのか？」

眉間に皺を寄せてユリウスがイレーネを見た。

「そ……それが、伯爵の遺言ですもの。フレイル伯爵家の領地と湖を守り、後継ぎを作ってくれと……」

ユリウス王太子を支えてくれという遺言であったが、王太子妃になるのは別の話である。

「それなら僕が、領地と湖と伯爵家を守れば問題ないってことだよね」

「それはそうだけれど、あなたは王太子なのよ？　伯爵家を継ぐことはできないわ」

すぐさまイレーネが否定する。

「僕は継げないが、僕の子どもに継がせればいいだろう？」

「え？　子ども？」

「二人でたくさん子どもを作ろう。その子たちにこの国と伯爵家を継いでもらえばいい。美しくて魅力的な君を、他の男になど渡すものか」

ユリウスから腕を掴まれた。

「ユリウスさま」

困惑の表情で彼を見上げる。

「僕の妃になってくれるね？」

強い視線で見下ろされた。

「だから……そんなに簡単には……」

イレーネは困り顔で首を振る。

「上級貴族院会議で承認されているし、父上も納得してくれた。何も問題はないよ」

「でも、無理です。王太子妃なんて、わたしには務まりません。身分の低い未亡人を、他の貴族の方々や民が認めてくれるとは思えないわ」

女伯爵だって男爵家出身であることでとても大変なのだ。王太子妃になったら、今以上に想像もつかない困難があるに違いない。

「君なら大丈夫だよ。先ほども会議で満場一致だったのを見ただろう？　父王も宰相も認めてくれた」

ユリウスにどんどん詰め寄られる。

「す、少し、考えさせて……」

イレーネはユリウスから離れて歩き出す。

ユリウスのことは好きだ。彼がいずれ自分以外の女性を王太子妃として娶ることを承知していても、その時が来るのが嫌だと思うほど愛していることも否めない。

とはいえ、王太子の愛人と妃では立場や責任が大きく違う。貴族だけでなく、国民に認めてもらわなくてはならない。

（王太子妃だなんて……）

頭を抱えながら庭を歩く。戸惑いと不安でどうしていいかわからない。

「あ……ここ」

いつのまにかテラスに出ていた。王都を一望できるそこは……。

（確かここ……）

ヤレス公爵夫人たちにつるし上げに遭い、突き落とされて一度命を落とした場所だ。あの時のことを思い出して、イレーネはぞっとする。

（こんな不吉なところからは離れよう）

急いで踵を返す。

その時……。

「きゃっ！」

目の前に立ちはだかる人物に驚いて飛び上がる。

「わ、わたしについてきていたの？」

ユリウスに問いかけた。

「君から色よい返事をもらうまで、離れるわけにはいかないからね。フレイル伯爵領に逃げ帰られたら困る」

と言われてしまう。

「そんなにすぐに答えは出ないわ」

「いいよ。出るまで待つよ」

(待つって……それまでずっとついてくるの?)

「承諾するとは限らないわ。断るかもしれないのよ」

「断られても諦めない。君との結婚は僕にとって重要なことだ。幸せな未来を得るための戦いだと思っている。君は言ったよね? 戦わずして負けるのは嫌だと」

「え……?」

「承諾するまで待ち続けるよ」

強い意志を感じさせる視線を向けられた。

「……戦わずして……負けたくない……?」

ユリウスの言葉にはっとする。

(それはわたしにも言えることでは?)

ユリウスを愛している。彼と愛し合いたいし、ずっと支えていきたい。それには恋人や愛妾ではなく妻になるのが一番なのはわかっている。でも、妻になるには結婚しなくてはならず、彼と結婚するなら王太子妃にならなくてはいけないのだ。

年上で出身身分が低く、しかも未亡人の自分が王太子妃になどなれるわけがない。人々だって

認めてくれないだろう。だから自分には務まらないと、イレーネは初めから逃げてしまっていたのだ。

（これも、戦わずに諦めてしまっているってこと？）

そうだよという伯爵の声が心の中から聞こえてくる。

ユリウスとずっと愛し合うためなら、王太子妃という困難から逃げてはいけない。諦めるのは、皆に認められるように力の限りを尽くしてみてからではないか。

（そうよね！）

イレーネは決心する、

「わたし……」

ユリウスを見上げ、自分の想いを伝えようとしたところ……。

「おーや、仲がおよろしいこと」

嫌味な声がテラスに響いた。

「あなたたちは！」

声がした方向に目を向けると、銀髪の中年女性が赤毛の女性を後ろに従えて立っている。

「なんだ？　おまえたち」

ユリウスがむっとした声で問いかけた。

「ヤレス公爵夫人のミランダと画家のダービットの妻よ」

イレーネがユリウスに耳打ちする。

「ヤレスの妻？　僕たちに何の用だ？」

「ふん。おまえたちのおかげで、夫が失脚《しつきやく》したわ」

目を吊り上げてミランダが叫んだ。

「おまえだと？　誰に向かって言っている？」

ミランダの不敬な物言いに、ユリウスが不快感をあらわにする。

「あんたらのせいで、うちの夫の絵にもケチがついたんだからね」

ダービット夫人が横から喚《わめ》く。

「死にぞこないのおまえを敬《うやま》うなんて、バカらしい」

ミランダが鼻でせせら笑った。

「僕が死にぞこないだと？　なぜ知っている？」

ユリウスが狙われた件は公《おおやけ》にはされていない。先ほど閉会した上級貴族院会議まで伏せられていたことである。

「ポットに毒を仕込んだのはわたくしだからよ。下剤だと信じて夫は嬉々《きき》としてデリク・ジョサイアに渡していたわ」

ホホホ、と笑いながらミランダが答える。

「おまえがやったのか！」

「殿下を毒殺しようとしたのは公爵ではなくあなたなのね！」

ユリウスとイレーネはミランダを糾弾する。

「今度こそあの世へ送ってやるわ。そして夫を救い出してわたくしが王太子妃となり、いずれは王妃になるのよ」

ミランダはドレスのポケットから何かを取り出し、二人に見せつけるように突き出した。

（あれは？）

暗くて見えにくい。手のひらより少し大きいくらいの白い瓶のようだ。

「ミランダ、あなたは王妃になりたくて、ユリウス殿下のお命を狙っていたの？」

イレーネが問いかける。

「そうよ。でも夫のヤレスみたいに、ユリウスが王太子の座を降りる日を待っていたら、わたくしはおばあさんになってしまうわ」

ねえ、とダービット夫人にミランダが笑いかける。

「ええ、ええ。公爵さまが王太子になられた暁《あかつき》には、うちの夫に伯爵の称号をいただけるのよ。上級貴族になって、広い領地と莫大《ばくだい》な収入が得られるわ。だから一刻も早くヤレス公爵さまに王太子になっていただきたいのよ」

ダービット夫人はイレーネに答えると、ミランダと笑い合った。

「なんという浅慮《せんりょ》なたくらみだ」

ユリウスが呆れている。

「何とでも言うがいいわ。これからこれでおまえたちは処分されるのですからね。この前は毒草をポットに入れて抽出させたけれど、今回は抽出済みのものを直接かけてあげるから確実に死ねるわよ」

悪魔のような笑顔になり、ミランダは瓶の蓋に手をかけた。

（あの中に毒が入っているのね）

ティーポットと比べると瓶は小さいが、蒸気ではなく直接かけるのなら十分な殺傷能力がありそうだ。

「この数年、僕を殺そうとしていたのはおまえの方だったのか」

納得したとユリウスが言う。

「ヤレスと婚約したのは、わたくしが九歳だったわ。その頃はまだおまえは生まれていなかった。ヤレスは庶子でもこの国唯一の王子だから、わたくしはいずれ王太子妃になり未来の王妃になると思っていたのに……」

ミランダはユリウスより十一歳年上だ。ヤレスと婚約した翌年に王妃が妊娠し、王太子になる男児が生まれてしまったということである。

「ただの公爵夫人止まりだなんて、冗談じゃないわ。この国の女性の頂点に君臨し続けるには、わたくしは王太子妃にならなくてはいけないのよ」

今のままではユリウスが王太子妃を娶った瞬間に、ミランダは頂点の座から下ろされるのだ。

「なんて勝手な人なの？　そんな人に王太子妃は務まらないわ。民や貴族たちのことは考えないの？」

イレーネが言い返す。

「おだまり！　たかが男爵家の小娘が生意気よ！　おまえもこいつと一緒に死んでしまえばいいわ！」

蓋を外した瓶を持ち上げると、ミランダはユリウスとイレーネに向かって毒水を振りかけた。

「危ないっ！」

ユリウスはイレーネを抱いて横へ飛ぶ。

「きゃああ」

テラスの石畳の上を二人で転がった。ミランダのコントロールが悪かったこともあり、なんとか毒水はかからずに済んだ。

「ふん、失敗したわ。今度こそ！」

転がる二人に向かって、瓶を持つ手を振り上げる。

ユリウスが素早く立ち上がり、イレーネに向かって手を差し出した。

「立って！」

「はい」

ユリウスの手を借りて起き上がる。

「きえええええ！」

ミランダは毒水の入った瓶ごと投げつけてきた。彼女の怪鳥のような不気味な声がテラスに響き渡る。

間一髪で二人は横へ飛び、瓶はテラスの脚に当たって割れた。毒水が飛び散り、石の床に広がっていく。

「おっと！」

ユリウスが手すりに飛び乗った。

「ユリウスさま、逃げて！　わたしのことはおいて逃げてください」

イレーネが叫ぶ。

「大丈夫だ。もうあの女の毒水は尽きている。おいで、そこまで広がってきた」

手すりに立ったユリウスがイレーネに手を差し伸べる。

「あ、はい」

ドレスの裾をつまみ、イレーネも慌てて手すりに立った。

「な……なによ……なんで当たらないのよ」

ミランダがテラスの床に手を尽き、二人にかからなかった毒液が広がっていくのを忌々しげに睨んでいる。

そこで……。

（なんだかこの状況、見覚えがあるわ）

イレーネの頭の中に嫌な記憶が蘇った。

その瞬間である。

「あんたたちなんて、いなくなれえええ！」

ダービット夫人が突進して来た。

まっすぐ進んでくる姿は、まるで赤毛の猪《いのしし》のようである。

手すりに立つイレーネとユリウスは、思い切り突き飛ばされた。

「ひっ！」

「うわっ！」

二人の身体はテラスの向こうの崖へと、飛ばされる。

崖は高く、そしてその下は深い人造湖だ。

落ちたら命はない。

（ああ、やっぱり！）

以前もここでこんなふうに落とされた。

あの時は伯爵からもらった宝石で生き返ることができたが、今は石になってしまったから使えない。

ユリウスに抱き締められながらイレーネは落ちていく。

（わたしは必ずここで命を落とす運命だったの？）

逃れられない宿命だったのかもしれない。

とはいえ、前回のようにひとりではない。

愛する人と一緒だ。

（ユリウスさまと一緒に天国へいくのね）

それも運命なら悪くないと、イレーネは観念しようと思ったが……。

（でもやっぱり悔しい）

ミランダたちにやられたままだ。

ここでユリウスが死ねば、収監されていたヤレスが戻されて王太子になるだろう。そしてミランダはもくろみ通り王太子妃になるのだ。

（あんな卑劣な人間に負けて、思い通りになってしまうなんて）

せめて思い切りやり合って皆に彼女の正体を暴いてからならよかったのにと、イレーネが残念な気持ちでいたところ……。

「アルラルラアルラルラ……」

聞き覚えのある呪文がユリウスの声で耳に届いた。

「ここは？」

はっと気が付くと、イレーネは廊下でユリウスと向かい合っていた。

「あ……」

貴族たちが廊下の遠いところに見える。

上級貴族院会議が終わったばかりで、自分を王太子妃にしようとしているユリウスにイレーネが詰め寄っていたところではないだろうか。

目の前のユリウスはびっくりした顔をしていた。

「……戻った。それも、二人で戻れた」

呆然とつぶやいている。

「どういうこと？　あれは時間を戻す呪文よね？」

イレーネがユリウスに質問する。

「君も、あの呪文のことを知っているのか？　ああ、フレイル伯爵の妻だったのだから、知っていて当然か」

納得顔でユリウスがうなずく。

「でもあれは、フレイル伯爵家に伝わる宝石がないとできないはず……」

そこまで言って、イレーネはユリウスの胸元に気づいた。

「殿下のブローチが！」

ユリウスがいつもスカーフを留めている青い宝石が、灰色の石になっていた。

「これはフレイル伯爵が僕に贈ってくれた宝石だ。一度だけなら時間を戻して生き返れるので、万が一の時は使うようにと呪文を教えてくれた」

「そうなの？　でも、伯爵家の宝石は全部使ってしまって、わたしに渡した指輪が最後だとおっしゃっていたのに……」

その指輪も、少し前に命を落とす場面ですでに使ってしまったとユリウスに告げる。

「僕のこれは、伯爵が結婚する前にもらったものだよ」

三年前くらいだという。

「ではユリウスさまの宝石は、最後から二番目だったのね」

二つ残っていたひとつを三年前にユリウスに贈り、それから最後のひとつをイレーネに結婚指輪として渡したということである。

「迷信だと思ったが、お守り代わりにいつも付けていた。一応先日の書庫でも握ってはいたが、まさか本当だとは……」

驚いたと、石を見下ろす。

「不思議だけれど、現実なのですよね」

「ああ」

「そしてここからテラスに出たらきっと……」

イレーネは庭を見る。

「あの二人に襲われるだろうね」

冷静な声でユリウスが続けた。

「だからわたし、決めました」

ユリウスに向き直る。

「ん？」

首をかしげてイレーネを見つめた。

「迷ってわたしたちがテラスに出ないためにも、王太子妃になることをここで承諾させていただきます」

まっすぐにユリウスの目を見て告げる。

ユリウスは驚きで目を見開いたあと、ふわっとした笑顔を浮かべた。

「ありがとう」

優しくイレーネを抱き寄せる。

「すごく嬉しいよ。きっと大変なことが多くあるとは思う。でも、僕が全力で助けるから心配はいらない」

「ユリウスさまのお言葉が嘘でないことは、書庫や先ほど助けてくださったテラスでも十分にわかっています。皆に認めてもらえる王太子妃になれるように、わたしも力を尽くします。戦わずに負けるわけにはいかないもの」

イレーネはユリウスの胸に顔を埋めた。

（そうよ。わたしの戦う相手はわたしだわ）

ミランダたちではない。自分自身に負けず、自分の力で運命を切り開き進んでいくことが重要なのだ。

「そうだよ。それこそ僕が惚《ほ》れた女性だ……んっ？」

抱き締めているユリウスの腕が緩んだ。

「どうなさったの？」

顔を上げると、ユリウスが眉間にしわを寄せている。

「あそこにいる」

小声で告げられた。

（……え？）

振り向いて彼の視線をたどると、見覚えのある銀髪と赤毛の女が廊下の隅でこちらを窺っていた。

（あの二人、この時点であそこにいたのね）

イレーネたちが二人きりになるのを待っているのだろう。

「おい、あの二人を捕まえろ」

ユリウスが扉の前にいた衛兵に命じた。

「公爵夫人をですか？」

衛兵が驚いて聞き返す。

「そうだ。王太子毒殺未遂の真犯人だ！　あの女は瓶に入った毒水を隠し持っているぞ！」

「それは大変だ！」

わーっと衛兵たちがミランダたちを取り囲む。

「おまえたち、殿下を毒殺しようと企《たくら》んでいるのだろう」

「毒水を持っているはずだ！」

衛兵たちが怒鳴る。

「わ、わたくしたちがそんなこと、するわけないでしょ」

「ぶ、ぶれいもの！」

二人は否定した。

「ヤレス公爵夫人の左側にあるドレスのポケットに、白い瓶が入っているわ！　それに毒が詰められているのよ！」

イレーネが叫ぶ。

「なんで知っているのよ！」

「どうしてバレたの？」

驚きで二人は顔を引き攣らせた。

「動くな！」

衛兵たちが二人を取り押さえ、ミランダのドレスのポケットを探る。

「瓶が入っていました！」

白い瓶を衛兵が取り上げた。

「よし、その者たちを収監しろ」

第九章　結婚式と初夜

ヤレス公爵と夫人のミランダによるユリウス王太子暗殺未遂事件は、ベルンドルフ王国中に知れ渡った。同時に、ユリウス王太子を助けて支えたフレイル伯爵の未亡人、レディ・イレーネのことも大きく取りあげられる。

「没落した男爵家のために、若くして年寄りの妻になった健気な女性らしい」

「伯爵の妻というよりも介助者であったようだ」

「あのお歳では、本当の夫婦にはなれんだろう」

「イレーネさまは女伯爵となってから、伯爵の遺言を守るために領地をしっかり治め、領民からも慕われているとか」

「それは頼もしいなあ。まだ少し頼りないユリウス王太子殿下には、ちょうどいいお妃さまなんじゃないか」

というふうな意見が巷《ちまた》で多く聞かれた。

ユリウスの頼りなさは王宮だけでなく、ベルンドルフ王国中に拡散していたようである。そのせいなのか、年上の未亡人との結婚に異を唱える者はほとんどいなかった。

そして、イレーネが心配するようなことはなく、婚礼の日を迎えることとなった。

「なんてお美しい花嫁さまでしょう」

支度を終えたベリテが感動の声を上げた。

「初々しいですわ」

「白いドレスがとてもお似合いです」

手伝っていた侍女たちも絶賛する。

「二度目なのに……こんなに派手でいいのかしら」

鏡に映る花嫁姿の自分を見て、イレーネは戸惑う。ベルンドルフの王族に伝わる宝石や最高級のドレスを身に付けていて、眩暈がするほどきらびやかだ。

フレイル伯爵との婚礼も、伯爵家に伝わる宝石類と伯爵が仕立ててくれたドレスを身に付けて、とても華やかな装いであったが、今日はその数倍の豪華さなのである。

「イレーネさまにはそれだけの価値がありますもの。さあ、ユリウス殿下がいらっしゃるお部屋へ参りましょう」

婚礼は国王と司教により大広間で執り行われる。ユリウスはすでに大広間の控の間で待機していた。

「イレーネさまのご到着です」

衛兵が控の間の扉を開き、ベリテが先導する。

「失礼いたします」

イレーネが中に入ると、ユリウスは国王と話をしていた。

「おお、なんと美しい花嫁だ」

イレーネの姿を見て、国王が感嘆の言葉を発する。

「……」

ユリウスはイレーネの方へ振り向くと、そのまま動かない。

じっと見つめたままである。

「あ、あの、どこか変でしょうか」

問いかけながら近づくと、ユリウスの顔がみるみる赤くなっていく。

「殿下?」

後ろにいたベリテが驚いて声をかけると、ユリウスは手で鼻と口を覆った。

「まあ大変！　鼻血が！」

「殿下のお衣装が！　ああ、床にも！」

控え室は大騒ぎとなる。

イレーネのあまりの美しさに、頭に血が上ったユリウスは鼻血を出してしまったのだ。

ユリウスが纏っていた婚礼用衣装は血だらけになり、予備に用意してあったものに着替えなくてはならなくなる。

それによって婚礼が数時間遅れて始まったのは、ベルンドルフ王国始まって以来の珍事として長く伝えられることになった。


鼻血事件で始まりが遅れたのと、予想外に多かった列席者と挨拶を交わしたため、婚礼の宴が終了したのは日付をまたいだ深夜になった。

「やっと終わりましたね」

王太子の間に戻ったイレーネは、ほっとしながら長椅子に腰を下ろす。

「やっと始まるんだよ」

ユリウスが上着を脱ぎながらやってくる。

「そうね。これから王太子妃として、がんばらなくては……え？」

近くまで来たユリウスがかがみ込み、イレーネの背中と膝裏に腕を差し入れた。

「そう、王太子妃として、まずは向こうでがんばってくれ」

イレーネを横抱きに持ち上げる。

「あ、あの、ユリウスさま？　向こう？」

イレーネを抱いたまますごい速さで歩き出したユリウスに戸惑う。

「君の白いドレス姿を見てから、この時がくるのをどれだけ待ちわびながら大広間で過ごしていたか……」

歩きながら大きなため息をついた。

「嬉しそうに挨拶をなさっていたではないですか」

「演技だよ。心の中ではなんでこんなにいっぱい来ているんだよって、めちゃくちゃ毒づいていた」

「まあ……」

呆れているイレーネを、ユリウスは寝室へと運び込む。

「さあ、今日からここで君は僕と過ごすんだよ」

大きなベッドの上に横たえられた。

「ここ、殿下の寝室ですよね？」

あたりを見回して訊ねる。

「うん」

「真っ白だわ」

以前毒にやられたユリウスを見舞った時には、紺色のビロードに黄金の飾りのついた天蓋と藍色の布が使われた重厚な設《しつら》えだった。けれども今日は、金糸を織り込んだ白いレースの天蓋に光沢のある真っ白な絹で統一されている。

（まるで天使のベッドだわ）

「初めて君をここで抱くのだから、花嫁衣装と同じくらい穢《けが》れのない白いベッドがいいと思ってね」

ユリウスの言葉にイレーネはふと気づいた。

「そういえば、ベッドの上は初めて……ですよね？」

庭だの控え室だの居間の長椅子の上だの、そういう場所でばかりだったのである。

「そうだよ。今までは君に誘惑されて、変なところでしていた」

笑いながら返された。

「わ、わたし、誘惑は……」

ユリウスに言われてしていただけである。

「わかっている。でもこれからは、ここで僕が主導権を握るからね」

イレーネの頬を両手で包み込んだ。

「愛している」

ユリウスの顔が近づいてくる。

「わたしも……ん……」

初夜は口づけから始まった。

何度もしているけれど、花嫁としての口づけはいつもより甘く感じる。

「……美味しいね……」

ユリウスも同じように感じているらしい。イレーネの首筋や胸元に舌を這わせ、白いドレスをくしゃくしゃにしながら抱きしめてきた。

「ああ、幸せだ」

「わたしも……」

「このドレス。本当によく似合っている。脱がすのが惜しいくらいだ」

苦笑しながらも、イレーネのドレスに手をかけた。

「ユリウスさまの式服も、お似合いでしたわ」

イレーネもユリウスが着ていたシャツのボタンを外し始める。

「かつて、喪服のドレスを着た君が僕の恋人だと大広間で宣言したところへ遭遇した時、実はすごく嬉しかった」

しみじみと言う。

「わたしのことを知らなかったのに？」

「フレイル伯爵夫人だというのは知らなかったんだ。伯爵が言っていた女性はもっと力強くて明るいイメージだったからね。けれど、上級貴族院会議に黒いドレスを着た綺麗で儚げな女性がいることは、知っていた」

「わたしのことをそんなに見ていたの？」

ユリウスは国王の後ろでいつもうつむいていて、会議場内に目を向けているところを見たことがなかった。

「皆と目を合わせないように下を向きながらも、チラチラとね」

いたずらっ子のような表情で笑っている。

「気づかなかったわ」

「しかも、ある日とんでもなく色っぽい黒レースのドレスを着てきたから、誰か恋人ができてしまったのかなと思った。大広間に入ると君は、僕の苦手なヤレス公爵と話をしていて、あいつが恋人なのかと落胆した。そしたら、君は僕が恋人だと指名してきて……」

「あの時はごめんなさい」

「謝ることはない。嘘であっても恋人だと言われたのがすごく嬉しくて、僕は舞い上がってしまったんだ」

それでイレーネの手を掴み、半ば強引に控の間に連れ込んでしまったのだという。

「君がフレイル伯爵の未亡人とわかって、僕と恋人同士を演じることになったのは運命だと思ったよ」

「そこまでわたしを？」

当時のユリウスの強い想いを初めて知って驚く。

「僕は君に夢中になった。しかも、黒いドレス姿はもちろん魅力的だったけれど、白やピンクのドレスを纏うと黒の何十倍も美しくて色っぽくて、書庫で初めて見た時には気を失いそうになったよ」

うっすらと頬を染め、今回も花嫁姿で鼻血を出してしまったのも無理はなかったんだと告白された。

「ユリウスさまったら……」

書庫であの時、無言で睨まれていたと思っていたのは、イレーネのドレス姿に見惚れていただけだったのである。

「ドレスを脱いだ君も、もちろん激しく魅力的だよ」

言いながらイレーネのドレスを脱がせると、コルセットを緩めた。

「この世で最高の果実だ」

イレーネの乳房を丁寧に取り出す。

「いつもより大きい？」

問いかけながらユリウスは両手で嬉しそうに掴んだ。

「そ、そんなことは……」

婚礼用のコルセットは初夜のために外しやすくなっているので、取り出しやすいのかもしれない。

「大きくても小さくても構わない。んー美味しい」

乳房にむしゃぶりついた。

「あ、はぁんっ」

極上の果実を味わうかのように、ユリウスはイレーネの乳房を堪能している。そのあと鎖骨やわき腹など、イレーネの肌を丁寧に味わっていく。

花嫁用のレースがたっぷりとついたドロワを脱がされた。白いレースのガーターベルトと靴下だけになったイレーネは、仰向けでユリウスから膝裏を抱えられる。

「ああ、そこは、だめぇ……」

「また鼻血が出そうだ」

乙女の秘部を見てユリウスが苦笑した。

「それなら、もう、見ないで」

恥ずかしすぎると訴える。

「うん、見ないようにする」

言いながらイレーネの足の付け根に顔を埋めた。

「ひ……ひぁんっ、な、舐めるのは」

イレーネの声が聞こえないのか、ユリウスは秘部に舌を這わせている。後ろの孔から会陰部をなぞり、前まで舐め上げられた。

「ああん、か、感じすぎる」

イレーネは悶えながら訴える。

「初夜は沢山舐めてあげないと辛いと言うからね」

ぴちゃぴちゃと会陰部を執拗《しつよう》に舐めてくる。

「そ、それは、あん、は、初めて、の……ひっ、ひああっ！」

秘芯をしゃぶられて、イレーネは嬌声を上げた。

「コリコリしてきてかわいい」

舌先でつつかれ、ちゅっと吸われる。

「あん、そこは、感じすぎるから、やん、ああっ」

あまりに強い刺激に首を振った。

「凄く出てきた」

淫唇から蜜液が出てきたことを告げられる。

「は、恥ずかしい、も、やあぁ」

快感と羞恥でイレーネは悶え喘いだ。

「ではここを」

「んん、中に……ああ」

淫唇を割って舌が蜜壺へ入り込む。

「はあ美味しい」

感嘆の声を発しながらイレーネの秘部をユリウスが堪能している。

「ああ奥まで、はぁん、ん、あぁぁ……」

びっくりするほどユリウスの舌が奥まで挿入《はい》ってきた。蜜と一緒に蜜壁を舐められて、快感がイレーネの背筋を駆け上がる。

「たまらない。もっと舐めなくてはいけないけれど……これ以上我慢するのは、無理だ」

ユリウスが顔を上げる。

「あ……」

イレーネが首を上げると、ユリウスがはち切れそうなほど膨らんだ男根を掴んでいた。いつのまにか服をすべて脱いでいる。

（あんなに凛々しいなんて……）

彼の裸体を見て、イレーネは目を見張った。

胸や腹部にしっかりとした筋肉がついていて、肩のあたりもやや盛り上がっている。以前階段で落ちそうになったイレーネを助けられたのは、鍛錬していたからなのだ。

「これ、挿れてもいいかな？」

亀頭が濡れ光った凶暴な男根をイレーネに突きつける。

「お……大きい……」

何度も見ているし握ったり扱いたりしているのに、初めてのような気がするほど太くて長い。

「鼻血も一緒に詰まっているからね」

「それは……大変だわ」

笑みを浮かべてイレーネはユリウスに両手を差し出す。

「きて……」

「うん……」

ユリウスはイレーネの淫唇に自身を当てると、ぐっと中に突き入れた。

「ああ……」

いつもより太くて圧迫感が強い。

まるで初めての交わりのようだった。

「う……狭いね」

ユリウスもそう感じているみたいだ。

(本当の初夜のようだわ)

ぎこちない挿入にそう思ったけれど……。

「ひ……」

太くて熱い男根が奥まで挿入されると、かああっとするような熱い快感がイレーネの全身に伝わってきた。

「ああん、感じる、お、奥が、灼けそう」

首を振って訴える。

「本当だ。熱いね。特にこのあたり」

熱棒を強く奥に突き挿れる。

「ひゃ、ああんっ、い、いい」

蜜壺の奥に先端が当たるごとに、快感が溢れていく。

ぐちゅっぐちゅっと水音が加わった。

「また蜜が出てきたね」

濡れてきたイレーネとの結合部を、ユリウスが嬉しそうになぞる。

「や、触っちゃ、そこも、感じる……う」

「いいよ。沢山感じて、最高の初夜にしよう」

ユリウスが腰を速めながら言う。

「ん、もう、おかしくなりそう。ユ、ユリウスさま、ああ、きて、ここに」

イレーネが両手を差し出す。

「ふふ、可愛いことを言う」

深く腰を入れると、ユリウスはイレーネに顔を近づけた。

「んん……」

イレーネはユリウスの首にしがみつくと、唇を重ねる。

（す、すごい……）

彼の胸板がイレーネの乳房を擦っていた。硬く引き締まった筋肉が乳首を刺激し、官能が更に高まる。

「んっ……」

口づけをしながらユリウスも呻いた。

かなり感じているらしい。

「い、達《い》っていい？」

唇を外すと、息を乱しながら問われた。

「ええ、わたしも、もう……」

全身が快感で覆われて、もうどうしようもなくなっていた。

蜜壺の中でユリウスの熱棒がさらに膨らむ。

「達くよっ」

突き入れが強く速くなっていく。

「……っ、あ、ああっ」

熱い精がありえないほど大量に注がれた。

達した快感に悶えるイレーネの身体が、ユリウスに強く抱きしめられる。

「愛している。イレーネ、君がいれば僕はなんでもできる。良い王良い夫になって、君を幸せに

するよ」

甘い言葉を聞きながら、イレーネは幸せな官能の海に溺れていったのだった。

終章　王国の伝説と繁栄

ベルンドルフ王国は、ユリウス国王の時代に急成長している。国土開発と養殖技術の導入により民の暮らしを向上させ、軍備の増強で国内外の安定を図ることに成功したからだ。

大陸の一角にある小国であったベルンドルフが、強さと豊かさで一、二を争うまでになったのは、ユリウス国王の統治能力の高さによるものである。

彼は高い計算能力と新しい産業技術を生み出す能力を備えていた。これまでの統治者が重臣任せであったこともすべて自分で行い、無駄や不満の少ない政を実現する。新しい技術の取り入れにも成功し、王国の発展に結びついた。

そんな彼だが、王太子時代はとても評価が低かった頃がある。気弱で幼く、国王に相応しくないという悪い噂ばかりが貴族の中で囁かれていた。

その低い評価を覆せたのは、王太子時代に付き合い始めた年上の未亡人のおかげだという。

未亡人はイレーネという女伯爵で、家の為に歳の離れた伯爵に嫁いだ苦労人だ。

夫の死後、女伯爵として領地を治めるために王宮通いとなり、そこでユリウス王太子と出会った。

王宮内の陰謀に押し潰されそうになっていた王太子を、イレーネは持ち前の気丈さで彼を支え、ユリウスとともに悪者を退治し、王国に平和をもたらしたのである。イレーネの活躍はベルンドルフ王国内に広く伝わり、彼女が王太子妃となった際は誰もが祝福した。

ユリウスは国王に即位すると、同時に王妃となったイレーネとともに王国の繁栄にまい進する。人造湖を増やし養殖技術を取り入れ、民の暮らしを安定させた。その他にも、ベルンドルフ国記には数々の功績が記されている。

ユリウスがイレーネとの間に多くの子を成していることも、王国が永く繁栄する要因だった。長男の王子は王国を継ぎ、次男は公爵兼王軍を率いる副総帥に、三男はフレイル伯爵家を継ぐ傍ら産業技術の研究をする学者となった。ユリウス亡きあとはこの三人が力を合わせて、父王と変わらぬ能力を発揮したと伝えられている。王子だけでなく王女も生まれており、その中の一人は王軍の参謀を務めるデリク・ジョサイアの息子と結婚していた。

王家の人間が軍人の家に降嫁するのはどうなのかと、当初は反対意見も出たのであるが、軍と王家との結びつきが強まったことにより大胆な軍事計画を推し進めやすくなった。結果的に大成功であったらしい。

こうして、ユリウスとイレーネの血を受け継ぐ子孫たちが、末永くベルンドルフ王国を繁栄させていったのである。

あとがき

こんにちは、しみず水都《みなと》です。このたびは『悪役伯爵夫人をめざしているのに、年下王太子に甘えろ溺愛されて困ります』をお手に取っていただき、ありがとうございます。

今回のお話は、中世ヨーロッパっぽい架空の世界が舞台です。未亡人になった女伯爵が、言い寄ってくる男たちや嫉妬に狂った女たちから逃れるために、悪女となって王太子を誘惑しようとしたらエロいことになってしまい……という乙女小説の王道に、生き返りとか毒殺とかファンタジー要素やサスペンス風味なども加えておりますので、色々と楽しめると思います。

イラストを担当してくださった八美☆わん先生。美麗なヒロインとヒーローをありがとうございます！　悪女なのに初心なヒロインが完璧です！

担当してくださいました編集さま。いつもぐずぐず書いていてすみません。辛抱強く完成に導いてくださり、感謝いたしております。

そして、読者の皆様！　今回のお話はいかがでしたでしょうか。悪役でエロエロでドキドキでハラハラなお話を、少しでも楽しんでいただけましたら幸いです。

しみず水都

Mitsuneko Novels

蜜猫 novels をお買い上げいただきありがとうございます。
この作品を読んでのご意見・ご感想をお聞かせください。
あて先は下記の通りです。

〒102-0072　東京都千代田区飯田橋 2-7-3
(株)竹書房　蜜猫 novels 編集部
しみず水都先生 / 八美☆わん先生

悪役伯爵夫人をめざしているのに、年下王太子に甘えろ溺愛されて困ります

2021 年 1 月 19 日　初版第 1 刷発行

著　者　しみず水都　
発行者　後藤明信
発行所　株式会社竹書房
〒102-0072 東京都千代田区飯田橋 2-7-3
電話　03(3264)1576(代表)
03(3234)6245(編集部)
デザイン　antenna
印刷所　中央精版印刷株式会社

Printed in JAPAN
ISBN978-4-8019-2545-8　C0093